콘텐츠 창작과
스토리텔링 교육

콘텐츠 창작과 스토리텔링 교육

제1판 제1쇄 2020년 10월 30일

지은이   최시한
펴낸이   이광호
주간   이근혜
편집   박지현 홍근철
펴낸곳   ㈜문학과지성사
등록번호   제1993-000098호
주소   04034 서울 마포구 잔다리로7길 18 (서교동 377-20)
전화   02)338-7224
팩스   02)323-4180(편집) 02)338-7221(영업)
전자우편   moonji@moonji.com
홈페이지   www.moonji.com

ⓒ 최시한, 2020. Printed in Seoul, Korea.

ISBN 978-89-320-3788-2 03800

이 도서의 국립중앙도서관 출판예정도서목록(CIP)은 서지정보유통지원시스템 홈페이지
(http://seoji.nl.go.kr)와 국가자료공동목록시스템(http://www.nl.go.kr/kolisnet)에서
이용하실 수 있습니다. (CIP제어번호: CIP2020045329)

콘텐츠 창작과
스토리텔링 교육

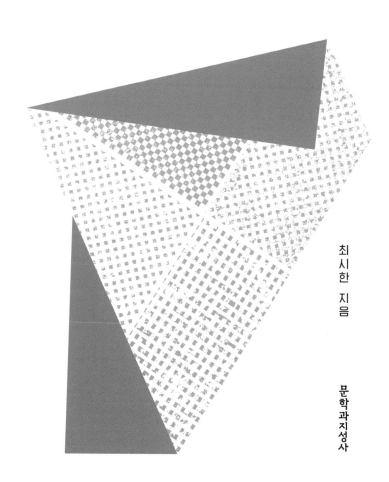

최시한 지음

문학과지성사

머리말

디지털 매체의 등장은 말과 글 중심의 담화 활동에 혁명적 변화를 가져왔다. 그것이 다중화하고 '작품'이 '콘텐츠'가 되면서 이야기(서사) 양식과 이야기의 창작 곧 스토리텔링은 더욱 중요해졌다. 물론 이러한 변화는 활자매체 위주의 교육에도 혁신을 요구하고 있다. 그러나 문학 중심주의에 매인 언어문화와 교과별 외울 거리에 갇힌 한국의 교육 현실에서, 담화의 지배적 양식으로서의 이야기와 창작 행위로서의 스토리텔링은 들어설 자리가 없어 보인다.

이 책은 이러한 스토리텔링의 불안정한 위상에서 오히려 변화의 가능성을 찾아 그것과 그것을 활용한 교육의 방법을 모색하기 위한 것이다. 청소년을 1차 대상으로 그 내용과 방법을 제시함으로써, 디지털 혁명에 발맞추며 학교 교육을 혁신하는 길의 하나가 '이야기'를 중요한 개념으로 잡고 스토리텔링을 활용하는 데 있음을 밝히고자 했다. 이야기는 어디에나 존재하며 문화산업 분야 이전에 교육적 가치가 매우 크기에, 그것은 새로 도입한다기보다 재발견해야 한다.

스토리텔링은 어떤 상황에서 상황의 변화를 그려낸다. 그러므로 이야기 행위와 콘텐츠의 핵심은 '상황'이다. 사물을 인식하고 표현하기에 적합한 상황을 설정하고 그럴듯한 이야기로 발전시키는 과정에는 인간의 온갖 앎과 정신 능력이 총동원된다. 스토리텔링 교육은 그 활동을 합리적으로 해낼 이야기 능력을 기름으로써, 정보를 퍼다 쌓는 게 아니라 융합하여 가치 있는 이야기로 창출하는 사회문화와 관련 산업의 주역을 키운다. 이 책에서 허구 이야기가 아닌 '경험 이야기'와 '(지역) 역사문화 이야기'의 창작을 주로 다룬 까닭은, 개인과 집단의 실제 경험을 제재로 한 스토리 형성 활동을 통해 합리적 사고력과 창의적 상상력, 공공의식 등을 아울러 기르기 위해서다.

아이디어나 정보를 바탕으로 콘텐츠를 창출하는 과정에서 '콘텐츠 창작자'라고 부를 수 있는 전문가 혹은 직업군이 형성되고 있다. 전통적인 '글쓰기'나 '문예 창작'과 다르며, 정보 활용의 수준을 높이려면 세련된 감수성과 상상력, 스토리텔링 능력 등이 필수인 분야이다. 이 책이 그 '창의노동' 분야의 인재 양성과 발전에 도움이 되기 바란다.

2015년에 이 책의 자매편에 해당하는 『스토리텔링, 어떻게 할 것인가』를 펴내며, 「머리말」에 "필자는 책을 지으면서 시간이 지날수록 오히려 갈 길이 더 멀어지고 넓어지는 듯한 곤혹스런 경험을 하였다"라고 적었는데, 이번에도 비슷한 처지에 빠졌다. 그것은 무엇보다 전통적인 교육과 이야기 창작에 닥친 변화가 매우 깊고 넓기 때문이다. 이야기의 특성에 충실하면서 그것들을 두루 싸잡기 위해 기존의 '문학' 중심 논의를 '담화' 중심으로 바꾸고, 창작의 개념 역시 그렇게 확장했는데 감당해야 할 문제가 많았다. 특히 문학과 비문학, 이야기의 표현적(예술적) 갈래와 정보적(실용적) 갈래 등을 포괄하는 분류 논의를 새로이 해야 했다. 나의 부족함과 게으름이야 말할 것 없지만 글쓰기, 문예 창작, 수사학 등 관련 분야의 도움을 얻기 어려운 사정도 걸림돌이 되었다. 이 책에서 개념을 새로 풀이한다든가 용어를 만들며 이미 굳어진 것을 문제 삼는 대목들이 있는데, 바탕을 다지며 얼개를 세우려다 벌어진 일로 받아들여지면 다행이겠다.

교육 방법에 초점을 두었으나, 콘텐츠 창작에 스토리텔링을 활용하려는 이들도 참고할 바가 있도록 서술하고자 힘썼다.

뒤에 붙인 목록에서 알 수 있듯이, 이 책은 10여 년에 걸쳐 발표한 글들을 바탕으로 한 것이다. 모두 대폭 수정하고 조정했지만, 틀이 일정하지 않고 시의성이 부족한 면도 없지 않을 것이다. 이 허술한 배가 어떻게든 항구에 도착하여 탁월한 이야기꾼storyteller의 탄생에 이바지하기를 바란다.

원고에 새로운 방향을 제시해준 우찬제 교수에게 고마움을 표한다.

2020년 가을
최시한

차례

머리말 5

제1장   왜 스토리텔링 교육인가

1 스토리텔링의 부상 13
2 한국 근대의 '문학' 관념과 교육 18
3 담화 교육 현황 비판 31
4 콘텐츠 창작을 위한 스토리텔링 교육 41

제2장   스토리텔링 환경의 변화와 문학적 '쓰기'

1 제2 가상공간 49
2 문학과 스토리텔링의 환경 변화 53
3 창작의 방향 60
4 수필의 경우 64

제3장   스토리와 스토리텔링 교육

1 이야기, 스토리, 스토리텔링 74
2 이야기의 갈래 82
3 이야기의 교육적 가치 86
4 스토리텔링 교육의 기본 성격 97

제4장   중심사건과 '처음상황'의 설정 교육

1 스토리텔링 교육의 단계 103
2 중심사건과 그 '처음상황' 설정 107
3 스토리 설정 교육의 예 114

제5장　'역사문화 이야기' 창작 교육

1　역사문화 이야기　123
2　'지역' 역사문화 이야기의 창작 교육　136

제6장　'경험 이야기' 창작 교육

1　'경험 이야기'의 특성과 필요성　160
2　교육의 내용과 방법　167

제7장　OSMU와 스토리텔링 교육

1　OSMU라는 개념　177
2　OSMU의 '소스'　182
3　OSMU와 이야기　188
4　스토리텔링을 위한 교육과 연구　196

제8장　창조적 콘텐츠를 위하여

1　'인문학 바람'의 공허함　207
2　인문학 교육을 위해 준비할 일　214
3　실학을 위한 스토리텔링　223

부록　역사문화 콘텐츠의 관광자원화
　　　―'비거 이야기' 테마 공원의 경우

1　이야기의 종류와 엉클어짐　229
2　'비거 이야기'의 성격과 기본 스토리　236
3　역사문화 콘텐츠로서의 의미와 가치　243
4　맺음말　246

발표한 곳 목록　248
용어 찾아보기　250

제1장

왜 스토리텔링
교육인가

1

스토리텔링의 부상

서울의 남산 도서관 앞에는 김소월 시비詩碑가 있다. 거기에는 유명한 시 「산유화」가 새겨져 있는데, 꽃이 "갈 봄 여름 없이" 피고 진다는 '변화'를 노래한 구절이 들어 있다. 그것은 시, 곧 서정문학이므로 그 변화가 왜, 누구에게, 언제, 어디서 일어났는지에 관한 상황의 제시가 없다. 상황과 그에 따른 변화를 구체적으로 서술하면 「산유화」는 이야기(서사)의 성격을 띠게 된다. 서정문학의 특성을 유지하면서 그렇게 변한다면 아마 '서사'시에 가까워질 것이다.

'이야기'는 서정시나 고소설처럼 역사적으로 어떤 모습을 띠고 있었거나 있는 갈래가 아니라 이론적 갈래, 다시 말해 그 특성을 가지고 이론적으로 구분하여 설정한 갈래의 하나다. 따라서 역사적 갈래를 초월하여 존재하므로 그와 구별하여 '양식'이라 부르기도 한다. 「산유화」 같은 서정시는 한국문학에 20세기 초부터 관습적으로 자리 잡은 역사적 갈래이지만, 그것도 이야기 양식의 특성을 지닐 수 있다.

이야기의 특성은 상황이나 상태의 변화 즉 '사건'을 모방하여 그려낸다는 점이다. 이야기란 "사건의 서술"[1]이다. 이야기가 크고 작은 사건을 연속하여 서술하면 스토리(줄거리)가 형성되는데, 이 "사건의 서술을 통한 스토리 형성하기"[2]가 이야기 행위(스토리텔링)요, 그 결과 — 스토리가 있는 것 — 가 이야기(물)이다. 전자매체와 정보 통신 기술의 비약적 발달은 이야기의 갈래와 기능을 크게 확대함으로써 정보의 소통과 융합에 핵심적 기능을 하게 만들었으며, 그에 따라 스토리텔링이라는 말이 부상했다. 하지만 이야기와 그것의 창작 활동은 예로부터 인류 역사와 함께 존재하며 발전해왔다. 음식을 먹듯 항상 이야기를 하며 살아왔기 때문이다.

'storytelling'은 이제 '스토리텔링'이라는 외래어로 굳어져가고 있으나 '이야기 창작' 혹은 '이야기하기'라고 옮길 수 있다. 전자는 창조적 행위라는 특성을 부각시키기에 좋고, 후자는 그것이 인간의 담화discourse — 소통을 매개하는 문장 이상의 언어 단위[3] — 의 대표적 양식임을 드러내는 데 좋다. 여기서는 후자도

---

1   최시한, 『소설의 해석과 교육』, 문학과지성사, 2005, 50쪽.
2   최시한, 『스토리텔링, 어떻게 할 것인가』, 문학과지성사, 2015, 64쪽.
3   허선익, 『비판적 담화 분석과 국어교육』, 경진, 2019, 22~23쪽 참고. 현행 2015개정 초·중등학교 교육과정의 내용 체계를 보면, '담화'란 문법 영역에서는 음운, 단어, 문장과 함께 '국어를 구성'하는 것으로서, 문장을 넘어서는 언어 단위이다. 한편 그것은 듣기·말하기 영역에서는 정보 전달, 설

고려하되 말은 전자를 사용하는데, '창작'이라는 단어에 대한 문학 중심의 선입견이 이해를 방해할 수 있다. 하여간 이 용어는 설화, 소설 같은 전통적 이야기문학만을 염두에 둔 개념이 아니다. 이전에 주로 써온 '내러티브narrative'가 글(문자매체) 혹은 글예술 중심의 개념이라면, 스토리텔링은 "스토리를 담고 있는 모든 콘텐츠 영역 전반에 걸쳐,"[4] 나아가 스토리를 형성하는 인간의 담화 혹은 콘텐츠 창출 행위 전반을 두루 가리키는 용어로서, 다중매체[5] 시대가 되면서 두드러지게 자주 사용되는 말이다. 그것은 본

득, 친교·정서 표현 등의 목적 아래 이루어지는 음성언어다. (쓰기, 읽기 영역에서는 같은 목적 아래 '글'의 유형이 분류되고, 문학 영역에서는 서정, 서사, 극, 교술이라는 네 가지 '문학'의 갈래가 그 자리에 놓여 있다.) (교육부 고시 2018-162[별책3] 『중학교 교육과정』, 40~45쪽 참고) 교육과정에서는 담화 개념이 어학 분야에서만, 그것도 일정하지 않게 사용되고 있는 셈이다. 이 글에서는 문학과 비문학을 구분하지 않음은 물론 '언어적 특성을 지닌 소통의 매체 전반'을 대상으로, 기본적으로 '문장이 모여 덩잇말을 이룬 것'을 담화라고 한다. 따라서 담화의 개념이 교육과정과 같지 않다. 이는 흔히 '담론'으로 번역하며, 언어 행위를 사회구조에 의해 규정되는 사회적 실천이라고 보는 담론 이론의 그것과도 차이가 있다.

한편 국어교육에서 대상으로 삼는 언어 자료 전반을 가리키는 용어가 정립되어 있다고 보기 어려운데, 이 '담화'를 씀이 적합하다고 본다. 그러한 용어를 찾기 어렵다는 사실 자체가 체계 없이 문학 이론과 어학 이론, 문학 자료와 비문학 자료를 지나치게 나누어 다루어온 결과다.

4   류은영, 「내러티브와 스토리텔링」, 『인문콘텐츠』 제14호, 인문콘텐츠학회, 2009, 246쪽.

5   멀티미디어multimedia를 옮긴 말이다. 이 말은 '복합매체' '다매체' 등으로 번역하거나 영어의 발음 그대로 적는데, 이 책에서는 '다중매체'를 쓴다. 정보사회에서 이는 소리, 문자, 영상 등을 복합적으로 전달하는, 디지털화되어 컴퓨터에서 검색, 유통, 재구성되는 매체다. 그와 관련된 시스템, 프로그램, 콘텐츠 등까지 아울러 가리키기도 한다. 여기서는 주로 표현과 전달의 기존 매체들을 복합적으로 사용하는 양상과 그 내용물의 형태에 주목하여 사용한다.

래 인류의 삶 자체의 일부였으며 특히 연극, 영화, 오페라 등과 같은 '종합 이야기 예술'을 통해 정교하게 발전해왔다. 이 연구는 뉴미디어 시대에 부응하며, 한국 초·중등교육을 혁신하는 데 체계적인 스토리텔링 교육이 필요함을 밝히고 그 방법을 제시하기 위한 것이다.

이야기의 특성을 밝히고 그것의 창작 교육 방법을 궁리하기 위해서는, 먼저 이제까지 있어온 관련 분야의 관습과 논의에 대해 살펴볼 필요가 있다. 한국에서는 전통적으로 '문학 창작'과 '국어교육' 분야가 그와 관련이 깊은데, 디지털 혁명이 일어나면서 중요해진 매체론, 문화 콘텐츠론 등도 밀접한 관계에 있다.

결론부터 말하자면, 앞의 두 분야에서 이야기는 주로 '서사'라는 용어를 사용하면서, 서사문학 중심으로 좁게 논의되어왔다. 이렇게 문학예술 중심이다 보니, 초·중등학교 국어교육에서는 이야기를 문학교육의 읽기 영역 중심으로 다루고 쓰기에 대해서는 그다지 관심을 두지 않았다. 그 결과, 이른바 '비문학' 영역까지 모두 싸잡은 이야기 전반의 쓰기(창작)는 무의식적으로 이루어지거나 소외되었다. 이러한 현상은 오늘의 다중매체 시대에까지 이르러 그것은 스토리텔링과 매우 거리가 먼 것처럼 되어버렸다.

요컨대 스토리텔링은 인간의 온갖 소통을 매개하는 담화의 한 양식인 이야기를 창작하는 행위로서, 문학/비문학의 구별은 물론 학문 혹은 과목의 경계까지 초월한다. 전자매체 혁명으로 말미암아 부상한 이것은, 매체의 경계 또한 초월하여 다중매체를 활용한 정보의 재구성, 콘텐츠의 창작 등과 같은 다양하고 동적動的인 활동을 두루 내포하고 있다. 뉴미디어 시대의 문화 활동과 관련 산업의 수준을 향상시키려면 그에 대한 학습이 매우 필요하다. 그러나 '이야기' 개념의 폭이 좁고, 언어매체와 문학 중심이며, 활동보다 지식 위주인 한국의 교육 현실에서 스토리텔링은 그 위치가 모호하고 불안정하다. 넓은 의미의 '콘텐츠 창작자'를 기르기 위한 스토리텔링 교육은 자리 잡을 곳이 없는 것이다.

이 장에서는 스토리텔링 교육과 창작을 위한 구체적 논의에 앞서, 그 문화적 배경을 근대의 '문학' 관념 중심으로 살펴본다. 기존의 관념을 혁신하고 이야기의 본질과 매체혁명 시대의 요구에 부응하는 스토리텔링 교육을 하려면, 이야기를 담화 양식 개념으로 접근해야 한다. 그를 위해 현행 교육 분야의 문제점을 짚어보는 한편, 이러한 논의를 바탕으로 이야기와 이야기 창작 교육이 왜 필요한가를 정리하고 그것이 나아갈 방향을 설정한다.

2

한국 근대의
'문학' 관념과 교육

스토리텔링이 문학적 이야기만을 창작하는 것은 아니지만, 전통적으로 문학 중심으로 논의되어왔다고 했다. 따라서 스토리텔링에 객관적으로 접근하려면, 먼저 그와 연관된 기존의 문학 및 문학 창작에 대한 관념을 비판적으로 살펴볼 필요가 있다.

문학 창작은 과연 가르치고 배울 수 있는 것인가? 이는 한국 문학계에서 유독 오래 묵은 논쟁거리인 듯하다. 이에 대해 부정하는 쪽에서는 이런 답이 나오곤 한다 ─ 창작은 재능과 경험으로 하는 것이니 가르치고 배우기 어렵다. 교육할 수 있는 것은 이론인데, 그것은 창작에 별 도움이 안 되고 오히려 해가 되기 쉽다.

문학 이론에 대한 반감과 오해가 작용한 듯 보이는 이러한 견해는, 의외로 뿌리가 깊다. 그런데 만약 〔'문학'이 아니라 항상 '문예'(문학예술)라는 말을 쓰는〕 '문예창작학'의 존립을 부정하는 것 같은 이런 대답이 타당하다면, 대학의 관련 학과와 과목들은 대부분 존립하기 어렵다. 하지만 근래에 많이 줄고 이름도 바뀌었으나 현재 전국의 대학에는 수십 개의 관련 학과나 전공이 있다. 문예창작과가 있는 예술계 고등학교도 있으며, 각종 문화센터, 자치단체 문화원, 전문 학원 등에도 관련 강좌가 많고 수강생이 끊이지 않는다. 전통적인 시, 소설 같은 문자문학에서 나아가 연극, 영화, 텔레비전 드라마 등의 대본을 포함한 이른바 '영상문학' '공연문학' 등으로 대상을 넓히고, 작품 창작에 국한하지 않고 독서와 비평 강좌 및 관련 사이트까지 더해 통계를 내본다면 그 인구 대비 비율이 세계적 규모일 것이다. 생활에 여유가 생겨 문화 욕구가 커졌기 때문이라는 진단만으로는 설명하기 어려운 '문학 창작 애호 현상'이다.

나는 문학 창작 관련 학문과 교육의 가능성을 부정하는 앞의 대답에 동의하지 않는다. 그 말 속의 '이론'이라는 것이 문학 이론인가 문학(창작)교육 이론인가를 구별하고, 교육 또한 이론에 대한 교육인가 이론을 바탕으로 한 능력 교육인가를 구별해야 논리가 선명해지겠지만, 하여간 이론이 창작과 대립되며 여러 예술 가운데 유독 문학만 창작 지도가 가능하지 않다고 볼 근거는 약하기 때문이다.

하지만 이에 관해 논쟁을 벌이는 자리가 아니므로 제쳐놓되, 그 대신 창작은 가르칠 수 없다는 주장이 있는 터에, 또 중등학교 '문학교육'에서도 읽기에 비해 쓰기(창작)는 등한시되는 판에, 그걸 배우려는 이는 많은 이러한 모순적 현상에 주목하고자 한다. 앞의 부정적 대답은, 다른 글을 '쓰는' 데는 이론과 교육이 필요하고 가능하나, 문학적인 글을 '창작'하는 데는 그렇지 않다는 생각을 깔고 있다. 문학과 비문학을 엄격히 나누고 문학의 창작은 아무나 하기 어려운 것으로 보는 셈이다. 그런데 일반 글쓰기에는 사회 전체가 관심이 적은 반면, 어렵다는 문학 창작에는 왜 그렇게 관심이 많을까? 문학이라는 것에 어떤 매력을 느끼기에 많은 이들이 그러는 것일까? 그와 연관된 특유의 생각과 관습, 제도 등이 한국의 문화 전반에 영향을 끼치고 있지는 않을까?

한국에서 문학이 오늘과 같은 개념의 꼴을 지니기 시작한 것은 1910년대 어름, 바로 국권을 빼앗겨 식민지 상태에 빠지는 때이다. '문명개화'를 시켜주겠다는 침략자의 지배를 받던 그 시기에 형성되었기에, 대부분의 근대화가 그랬듯이, 한국 근대문학은 출발기부터 매우 기형적인 모습을 지니게 된다. 나는 오늘의 문학 창작과 그 교육에 관한 의식 및 제도가 뿌리박은 바탕에는, 한국 근대사의 특수한 상황 속에서 싹트고 자라온 이 문학 관념이 깔려 있다고 본다. 이제부터 그 특징을 네 가지로 나누어 살피면서 그와 연관된 관습과 제도를 비판적으로 분석하고자 한다.
물론 앞으로 지적할 특징들은, (과연 그런 게 있는지 의심하는 이도 있지만) 근대문학의 일반적 특성과 밀접한 관계에 있으므로 굳이 한국 근대만의 것이라고 강조함이 적절하지 않을 수 있다. 하지만 비교적 두드러지거나 치우친 점들을 추려내어 그것들을 묶어 살피는 방법도 숨겨진 맥락을 드러내는 데 도움이 되리라 생각한다. 한국 근대에 형성·변모되어온 그 문학에 대한 근원적 관념 혹은 문학관을 편의상 '그것'이라 부르기로 한다.

첫째, 그것은 문학을 '근대적인 것'의 상징으로서 매우 고상하고 내면 지향적인 예술로 높이 평가한다.

근대문학 출발기는 한문을 버리고 한글을 쓰며, 개인이 신분에 따른 집단적 성격에서 벗어나 개성을 추구하던 시기다. 이러한 때에, 그러나 식민지 백성이 할 수 있는 문화 활동은 매우 제한된 때에, 문학은 새롭고 근대적인 것을 추구하는 젊은이들의 해방구였다. 한문 경전이 하늘에서 땅으로 추락한 것과 반대로 문학은 들여온 개념인 '예술'로서 높여지고, 명분론과 가부장적 규범 아래 억압받아온 개인의 내면을 해방시키며 자유롭게 표현할 수 있는 낭만적 세계로 간주되었다. 거기에 글〔文〕을 숭상하는 전통과 식민지 현실에 대한 도피 의식이 결합되면서 일종의 심리적 과상승작용이 일어나, 문학은 '새롭고 고상하며 내면적인 것'의 상징이 되었다. 또 글을 하는 이가 신분제도에 따라 정해져 있던 과거의 귀족주의적 전통이 습합되면서, 거기에는 '실용성을 초월한 것'이라는 관념이 더해지기도 했다. 먹고사는 세계와 거리를 두는 일종의 낭만적 문학관과 문학 중심주의 혹은 숭상주의가 형성된 것이다. 그것은 후에 냉전 체제 아래에서 기형화되어 사회 문제에 대한 관심은 문학의 '순수성'을 훼손한다고 여긴다든지, 문학을 교양인이 즐기는 고상한 취미로 간주하는 경향을 낳기도 했다.

근대인이라면 서양의 음악과 악기를 알아야 한다고 생각한 관념이(이효석의 서재 사진에 보이는 유성기와 피아노!) 얼마 전까지도 마구잡이로 어린이를 피아노 학원에 보내는 데 작용했듯이, 문학에 대한 이러한 인식은 오늘까지도 창작 관련 학과와 강좌로 사람을 끌어들이고 있다고 본다. 문학을 비문학과 지나치게 구분한다든지, 문학 혹은 시를 지나치게 서정성 위주로 생각하는 관습도 거기서 비롯되었다. 매체가 매우 다양해진 지금까지 일부 일간지가 신춘문예 제도를 운영하며, 중등학교 교육과정에 듣기·말하기, 쓰기, 읽기 등의 언어활동과 나란히 문학이라는 대상(자료)을 독립된 내용 영역으로 설정하여 혼란이 일어나고, 그것을 없애려는 노력이 반대에 부딪혀 좌절되는 일도 이러한 문학 중심주의와 관련이 깊다. 독서가 "문학 중심의 독서 개념"[6]에 빠져서 각 분야의 명문名文들을 대상으로 삼지 않고, 쓰기나 읽기를 시, 소설 등의 문학 장르 위주로 생각하는 '글(책)의 문학 우선주의'도 같은 맥락에 있다. 초·중등학교에서 잊을 만하면 벌어지는 독서운동이 별 효과를 거두지 못하는 것, 대학 입시 논술이 시간이 흘러도 평가의 방식과 척도를 합리적으로 마련하지 못하고 있는 것 등도 이렇게 언어활동을 너무 문학 중심으로 생각하며, 글을 사고와 표현 활동 전체 속에서 보지 않는 관습과 무관하지 않을 것이다.

물론 이러한 양상에는 긍정적인 면과 부정적인 면이 뒤섞여 있는데, 부정적인 예를 한 가지 더 살펴보자. 중등학교 국어교육 현장에서는 자료를 크게 문학과 비문학으로 나눈다. 그런데 문학교육론은 무성하나 비문학 교육에 대한 연구는 마땅한 용어조차 없을 정도로 관심을 끌지 못하고 있다. 좋은 글은 오로지 문학적

---

6   최시한, 『소설의 해석과 교육』, 73쪽.

인 글이라는 관념이 지배적이다 보니, 그 밖의 글을 합리적으로 구별하여 교육하지 못하는 것이다. 사실 학생들이 비교적 쉽게 읽고 쓸 수 있는 것은 문학 영역 밖의 경험글, 보고글, 주장글 등이고, 문학 영역에서도 형식적 규범성이 약한 서사적 수필, 기행문, 전기, 역사문화 이야기 등과 같은 교술문학과 동화, 만화, 청소년소설처럼 비교적 단순 형태의 이야기라는 사실조차 충분히 고려되지 않고 있다. 이러한 문제점은 콘텐츠 가운데 정보적(실용적)인 것의 비중이 나날이 커지는 다중매체 현실에서 매우 부정적으로 작용하고 있다.

둘째, 그것은 문학을 사상과 이념의 전달체, 현실 비판과 투쟁의 수단으로 본다.

근대문학이 건설되던 시기에 나라를 잃었으므로, 그 건설자들은 궁지에 빠진다. 새로운 것을 추구하다 보면 이전 것을 비판하기 마련인데, 그것이 다름 아닌 빼앗긴 '우리 것'이요 '내 나라의 것'이기 때문이다. 개혁 추구가 자기부정에 빠지기 쉽고 보수적 자세가 현실 타개에 결정적 도움이 되지 않는 이런 상황에서, 명분이 서는 하나의 길은 새것을 추구하되 그것을 국권 회복에 이롭도록 하는 방안이다. 그리하여 글을 통치와 수양의 도구로 보는 전통적인 문관文觀은 오히려 강화되어, 작가는 문사文士, 지사志士로 자처하면서 문학을 계몽과 투쟁의 방편으로 삼게 되었다. 이를 효용론적 혹은 역사주의적 문학관이라 부르는데, 첫째와 대조적인, 첫째에 대한 반동적 성격이 짙은 관념이다.

한국전쟁과 분단을 비롯한 역사적 불행이 이어지자 앞의 상황은 해방 후에도 계속되어, 문학은 반독재 싸움의 일선에 서고 작가들은 역사 기록자, 민중 선도자의 역할을 맡아 리얼리즘이라는 문학사의 한 흐름을 형성한다. 이에 따라 중등학교 교과서에 민족의 수난을 다룬 「탈출기」(최서해), 「붉은 산」(김동인), 「수난이대」(하근찬) 등과 이념 갈등을 다룬 「학」(황순원), 「장마」(윤흥길), 『광장』(최인훈) 등이 자주 수록되었다. 1990년대 이후에는 민주화 투쟁이 성과를 거두면서 『난장이가 쏘아 올린 작은 공』(조세희), 「우리들의 일그러진 영웅」(이문열)이 많이 실리기도 했다.

이러한 경향은 문학 활동에서 이론과 형식보다 내용을 중시하고 작가의 정신을 앞세우며, 작품의 구조적 완성도는 덜 따지는 풍조를 낳았다. 이른바 '손재주'보다 사람됨, 비판 정신 등을 높이 치는 것이다. 그래서 작품 연구에서는 '작가 정신' '작가 의식' 등과 같은 용어가 자주 등장하고, '기법' '형식' 같은 말을 부정적으로 사용하며, 비판 정신과 특정 이데올로기를 강조하는 데 비해 작품 자체의 분석에는 상대적으로 노력을 덜 기울였다. 그리고 작품 읽기 교육에서는 이른바 '작가의 의도'를 무엇보다 중요시하고, 그 주제도 윤리적·정치적 맥락 위주로 파악하는 역사주의 관점이 중시되었다. 이육사의 시 「청포도」에서 "손님"은, 그가 의열단 단원이었고 창작 시기가 일제강점기인 만큼 조국 광복을 의미한다고 해석하는 식이다. 이러한 경향은 문학교육을 연역적으로, 또 배우는 이의 체험과 능력 중심이 아니라 가르치는 이의 설명과 지식 중심으로 기울게 하여, 입시 위주 교육이라고 비판받는 현상의 한 원인을 만들기도 했다.

창작 교육 쪽으로 범위를 좁혀 더 살펴보면, 이러한 경향은 문학에 대한 매우 진지한 태도를 길러주기도 하지만, 실제 교육의 이론과 방법에 대한 고민에 둔한하며, 배우는 이의 개성과 창의성을 신장하기보다 가르치는 이의 신념과 스타일에 따르기를 고집하는 폐단을 낳았다. 또 글의 제재[7]를 사회적·역사적인 것, 즉 공적公的이고 집단적인 것으로 제한하여 사적이고 개인적인 것을 소외시키는 경향을 낳기도 했다. 예를 들어 남녀 간의 애정, 가족 간의 갈등 따위는 진지한 문학의 제재로 여겨지지 않고, 대중문학이나 텔레비전 드라마의 전용 제재인 것처럼 간주되는 관습이 있다. 외면적 갈등보다 내면적 갈등에 초점을 맞추는 심리소설이 적고, 추리소설은 갈래 자체가 대중문학에 속하는 것처럼 인식되는 점, 아동문학에서 이른바 '생활동화'가 중시되고 환상적 요소는 매우 부족한 점 등도 같은 맥락에서 볼 수 있다. 심리의 탐색, 지적인 사색, 상상의 재미 등은 '진지하고 사실적인 것'과 거리가 있다고 여기는 관념이 있는데, 그 역시 같은 맥락에 놓여 있다.

요컨대 이념과 비판을 중시하는 문학관은 의미를 추구하는/재미를 추구하는, 사회적인/개인적인, 현실 개선에 기여하는/기법적 세련에 이바지하는, 사실적인/상상적인, 공적인/사적인,

---

7   제재題材란 "텍스트를 이루는 구상적·추상적 재료로서 주제를 형성하고 표현하는 것"이다. 최시한, 「제재에 대하여」, 『시학과 언어학』 제20호, 시학과언어학회, 2011, 214쪽. 그것은 주제, 메시지 등을 전달하고 표현하는 재료다. 텍스트의 일부가 된 것으로서, 구체적 형상으로 파악할 수도 있고 추상적 주제를 구축하는 의미 단위로 파악할 수도 있다. 기능성에 따라 중심제재와 부수제재로 구분할 수 있다. 이 책 116, 144쪽을 참조하시오.

외면적인/내면적인 등과 같은 대립에서 왼쪽의 딱딱한 것을 강조한 나머지, 결과적으로 둘의 대립을 지나치게 조장한다. 이 둘이 적절히 조화되지 못하는 것은, 문학의 본질에 비추어 불합리하며 다양하고 균형 잡힌 발전을 위해서도 바람직하지 않다. 대중음악과 클래식이 엄격히 나누어진 음악계의 현실에서도 엿볼 수 있듯이, 이는 한국 예술 전반에 걸쳐 존재하는 계층 분열 현상의 일부로서, 경계가 무너지고 갈래가 뒤섞이는 디지털 혁명 시대에 장애 요소로 작용한다. 가령 대학의 문예창작학과에서 영화와 텔레비전 드라마 대본, 다큐멘터리 구성안, 만화 줄거리 등은 물론 컴퓨터 게임 스토리, 뮤직비디오 기획안 등을 쓸 수 있는 작가를 배출해야 한다는 현실적 요청에 대해 유연하게 대처하기 어렵게 만드는 것이다. 창작을 지망하는 많은 사람이 원하는 방송작가나 시나리오 작가, 웹툰 작가를 기른다든가, 『어린 왕자』『나의 라임 오렌지 나무』, 해리 포터 시리즈 등처럼 동화적이면서 소설적이고, 본격문학일 수 있지만 그렇지 않을 수도 있는 문학의 작가를 '수준 높게' 기르는 데도 걸림돌이 된다. 한마디로 이념과 비판을 중시하는 문학관은 한국문학을 굵고 진지하며 정치성이 짙게 만드는 한편으로 단조롭고 권위주의적이게 함으로써, 다양한 발전을 저해하고 자본의 논리가 주도하는 문화산업 시대에 부응하기 어렵게 하고 있다.

셋째, 그것은 문학의 범주를 좁게 보며, 문학적인 글의 창작을 일반 글쓰기와 지나치게 구별한다.

한국 근대문학은 오랫동안 그 범주가 서정, 서사, 극 등 '좁은 의미의 문학' 양식 위주였으며, 그중에서도 극문학 혹은 희곡의 전통이 빈약하므로 실제 하위 갈래는 시, 소설 등으로 매우 단순한 면이 있다. 근래 들어 다소 바뀌었으나 얼마 전까지도 대학의 문학 창작 과목들은 거의 시, 소설 위주였다. 중등학교 교과서들에도 최근 희곡, 시나리오, 기행문 등이 늘어났지만 그 장르적 본질에 충실하지 못하므로 아직 구색 맞추기에 그치는 것처럼 보인다.

여기에 문학의 생산과 유통 환경까지 작용하여 양상은 더욱 나빠진다. 가령 근대문학의 전개 과정에서 발표 지면이 한정되어 소설이 단편 위주로 발달한 것은 두루 아는 사실이다. 초기의 장편소설은 거의 모두 신문에 발표되었고, 지금도 신문에 소설이 연재되는 예가 있을 정도로 하나의 관습으로 굳어졌다. 그 결과 장편소설은 연재 형태의 대중소설로서 '잡통속'[8]적 특징을 지니게 되었다. 오늘날 이른바 '전작 장편'이 늘면서 많이 바뀌었으나, 장편소설은 부담이 되고 '재미가 적어 보여' 아예 읽기를 꺼리는 경향이 있다. 한편 중등학교 문학교육이 작품을 읽기보다 작품에 대한 정보 전달 위주로 지도하다 보니, 결과적으로 소설을 다루기 쉬운 단편 위주로 생각하게 되었다.

근대문학의 범주가 좁아지고 장르가 단순해진 외적 원인은, 물론 한국 근대사의 불행과 그로 인한 궁핍한 현실에 있다. 그 원인을 문학 안에서 찾아보면, 근대문학이 형성되던 시기 서구의 문학을 일본을 통해 받아들이면서 조동일 갈래 이론의 네 양식 중

---

8   조동일, 『한국문학통사 5』, 지식산업사, 2005, 360쪽.

하나인 교술의 전통을 무시하였고, 상대적으로 빈약했던 희곡 혹은 극의 전통을 보완하기 위한 모색을 소홀히 해왔기 때문이다. 두 가지 중 전자만 먼저 톺아본다.

앞의 첫째 항목에서 문학을 근대성의 한 상징으로 여겨 매우 숭상하는 관념에 대해 언급했다. 앞당겨 말하면, 이는 문학의 예술성을 너무 중시함으로써 글 전체 안에서 문학을 특수화함과 동시에 교술이 설 자리를 좁게 하고, 문학과 언어생활 전반 혹은 작가와 일반인의 거리를 멀어지게 만들었다.

'교술敎述'이란 경험과 통찰을 섬세하고 명징한 언어로 직접 제시하는 '문학'의 양식 가운데 하나이다. 이는 서정, 서사(이야기 문학) 등 좁은 의미의 문학 양식들이 지닌 허구성, 형식적 규범성, 형상성 등이 없거나 적다. 따라서 문학의 범주를 넓게 잡을 때에야 그 안에 드는, 달리 말하면 문학과 비문학의 경계에 놓인 양식이다. 앞에 나열한 문학적 특성 혹은 '문학성'을 기준으로 볼 때, 그만큼 완성성과 독자성이 적어 보이므로 문학의 고상함, 예술성과는 거리가 먼 것으로 인식하기 쉽다. 교술은 글과 사람의 일치를 중요시한 한문학에서는 매우 발달한 것으로서 '새롭지 않은 것'인 데다 근대화 과정에서 한문이 죽은 글이 된 사정도 이것을 문학의 주변부로 밀어내는 데 작용하여, 결국 문학의 범주와 갈래를 단순화시키는 결과를 낳았다.

각도를 달리하여 말해보면, 교술은 경험과 통찰을 직접 표현하고 전달하는 자유로운 양식이므로 그것이 낮게 인식되면 그만큼 쓰기와 읽기를 즐기지 않게 된다. 무언가 표현하려는 이들이 창작으로부터 멀어지며, 글쓰기가 문화 활동 전반에서 차지하는 비중이 낮아지는 것이다. 인류학의 고전인 레비-스트로스의 『슬픈 열대』는 보기에 따라 수필 혹은 기행문이며, 헨리 데이비드 소로의 『월든』은 수필집인 동시에 사상서이다. 더 예를 들 것도 없이, 형식에 매이지 않고 진실을 파고드는 정신과 그것의 섬세한 표현에서 '글쓰기'의 창의성과 문학성을 찾지 않고, 시나 소설의 규범적 형식에 따르는 '문예 창작' 위주로 글을 생각하는 관습은, 앞에서 문학 중심주의라 부르며 언급했듯이, 지나치게 문학을 특수화하여 교술 양식이 바람직하게 발전하지 못하도록 만들었다. 그 결과 수필집은 많으나 인생과 사회의 기미를 섬세하게 포착한 수필은 드물며, 한국 근대 수필을 가려 뽑은 선집은 어디서 준비 중이라는 소식도 없다. 전기, 기록문학(다큐멘터리)은 아예 중요한 갈래라는 인식조차 희박하다. 김윤식이 지은 이광수 평전 『이광수와 그의 시대』, 리영희의 자서전 『역정 — 나의 청년시대』 등은 충분히 평가받지 못하거나 고급의 글 혹은 문학으로 여겨지지 않는다. 이른바 '민족의 전통과 수난'과 거리가 있는 유홍준과 김훈의 기행문이 국어과 교과서에 수록된 것은 근래의 일이다.

넷째, 극문학 혹은 희곡에 대한 인식이 빈약하다.

이는 앞의 셋째 항목과 긴밀히 연관된, 문학의 범주를 좁힌 주요 원인의 하나로서 문학이 문화산업 시대에 적응하는 데 큰 걸림돌이 된다.

허구적인 것에 가치를 두지 않으며 놀이 문화를 억제한 유교 문화 때문에 희곡은 한국문학 전반에서 가장 전통이 빈약하다. 본래 그것은 공연을 전제로 한 대화 위주의 글로서, 종합예술인 연극으로 제작되지 않으면 의미가 적은 '극본' 혹은 '대본'[9]이다. 말하자면 희곡은 일종의 반半문학으로, 그것의 '창작'은 '제작'을 전제한 것이며 그를 통해 이야기가 수행(공연)되어야 작품으로 완성된다. 그 형상화 과정을 수행하기 위해서는 극장과 같은 설비와 연출, 조명, 분장, 의상, 무대 디자인 등 여러 분야를 '종합하여' 제작 혹은 창작할 전문 인력들이 필요하다. 따라서 이는 오늘의 문화산업 —— 그 중심에 이야기 오락(엔터테인먼트) 콘텐츠가 있다 —— 이 요구하는 다양한 기법을 발전시키고 관련 인력을 기르기에 매우 적합한 분야다.

그러나 빈약한 극의 전통과 문학 및 예술에 관한 좁은 인식에 갇혀서, 이 분야에 대한 교육과 투자가 충분하고 적절하게 이루어지지 않고 있는 듯하다. 그래서 '드라마틱한(극적인) 것'의 실체가 무엇인지 실감하지 못한 채 기호만 떠돌고, 그것이 플롯의 허약, 필연성 부족 등과 같은 한국 영상물, 공연물의 문제점을 낳기도 한다. 이는 오늘날 희곡의 후손이라 할 수 있는 시나리오, 텔레비전 드라마 극본 등과 같은 각종 대본의 창작이 현행 (국어) 교육 체제 안에서 마땅한 자리를 잡고 있지 못하다는 사실에서 잘 알 수 있다.

---

9 '대본'은 이야기 콘텐츠의 제작 과정에 필요한 글 종류를 두루 가리키는 용어로 내가 제안하는 것이다. 대개 희곡, 텔레비전 드라마 대본, 시나리오 등을 가리키지만, 여기서는 콘티, 구성안, 스토리보드, 트리트먼트, 만화의 바탕글 등까지 확대하여 쓴다. 최시한, 「이야기 콘텐츠의 창작과 전용」, 최시한 외 6인 지음, 『문화산업 시대의 스토리텔링 —— OSMU를 중심으로』, 태학사, 2018, 32쪽. 이 책 201쪽을 참조하시오.

3

담화 교육 현황 비판

담화는 의사소통의 매개물에 그치지 않는다. 그것의 양식은 소통의 형식이자 인식과 사고의 방식이다. 담화의 한 양식인 이야기는 겪은 바를 '이야기식으로' 인식하고 표현한다. 또한 교육을 할 때 "교육자는 이야기를 가르치는 한편 이야기로써 가르친다."[10] 이야기가 특정 학문이나 과목을 초월한 담화 양식이기 때문이다. '이야기의 교육'에 관한 논의가 항상 '이야기와 교육' 문제와 함께, 그것을 바탕으로 이루어지는 이유가 거기에 있다.

이야기는 본래 서구의 전통 수사학에서 나누는 인간의 표현 혹은 기술記述 양식 네 가지 ─ 설명, 묘사, 논증(논술), 서사(이

---

10 최시한, 「이야기 교육에 대하여 ─ 개념과 갈래를 중심으로」, 『한국문학이론과 비평』 제33집, 한국문학이론과 비평학회, 2006, 430쪽.

야기) —— 가운데 하나로서, 다른 것들과 달리 삶 자체를 모방하므로 형상성과 종합적 특성을 지닌 양식이다. 그 매체가 주로 언어이던 시대를 지나 디지털 혁명으로 복합적이 됨에 따라, 온갖 담화의 중심적 양식으로 개념이 확장되었다.

이야기를 비롯한 담화의 양식에 대한 관심이 빈약한 게 한국 문화의 현실이다. 가령 무엇을 서술함에 있어 묘사 양식은 시간을 정지시키므로 글에 리듬을 부여하기 좋다거나, 자동차 운전법을 설명하는 데 이야기 양식을 활용하면(서사적 설명) 효과적일 때가 많다는 식의 접근은 보기 드물다. 이야기 양식의 경우, 국어 교과에서 소설, 옛이야기 같은 자료를 가지고 하는 이야기문학 교육에만 다소 관심을 두어왔을 뿐이다. 독서 지도에 활용되는 책의 대부분, 모든 과목 교재의 역사적 서술, 대목, 사례를 활용한 설명 수업 등은 이야기 양식과 밀접하게 관련되어 있음에도,[11] 이들의 특성에 따른 교육과 활용에 대한 관심은 찾기 어렵다.

요컨대 학교 교육에서 이야기 양식의 중요성은 충분히 인식되지 않고 있다. 이는 담화 자체에 대한 무관심의 일부로서, 디지털 혁명이 불러온 '스토리텔링 시대'를 맞아 매우 심각한 문제로 여겨진다.

본래의 그리고 넓은 의미의 이야기는 온갖 매체와 형태를 취할 수 있는 담화의 한 양식으로, 인간의 담화 어디서나 갈래를 초월하여 존재한다. 따라서 문학적 이야기가 있으면 비문학적 이야

---

11   수학 과목에서 개념 설명, 문장제 발문 등에 이야기를 활용함으로써 수학적 사고를 기르겠다는 것이 이른바 '스토리텔링 수학'이다.

기도 있고, 설명문에 활용된 이야기가 있는가 하면 이야기 양식의 신문 기사(이른바 '내러티브 저널리즘'의 기사)도 있다. 연극, 영화, 오페라, 뮤지컬 등과 같은 종합예술들도 스토리가 있으므로 모두 종합 이야기 예술이다.

현대는 누구나 컴퓨터, 휴대전화 등을 통해 정보를 얻음은 물론, 나아가 그것들을 이용해 언어, 사진, 그림, 소리 등으로 의미를 생성하고 의사를 전달할 수 있는 다중매체 시대다. 이 디지털 세상에서 폭발적으로 만들어지고 유통되는 것 즉 콘텐츠는, 담화의 '지배적'인 양식이 이야기인 만큼 그에 속하는 것이 많다. 특히 문화산업의 엔터테인먼트 분야 생산물은 대부분이 이야기 양식을 취하고 있다. 오늘날 매체를 가리지 않고 '이야기 콘텐츠'[12]의 창작 곧 스토리텔링이 교육은 물론 산업 면에서도 큰 의미를 갖는 이유가 여기에 있다.

따라서 오늘날 이야기는 담화 양식 개념으로 넓게 잡을 필요가 있다. 청소년 교육 분야가 특히 그러한데, 기본적 의사소통 능력과 사고력을 기르는 과정이기 때문이다. 하지만 그것을 문학 위주로 좁고 특수하게 파악할뿐더러, 기본 개념조차 적절히 확립되어 있다고 보기 어려운 게 문제다.

나는 2006년에 개념과 갈래 중심으로 국어 교과의 이야기 교육에 관해 살핀 적이 있다.[13] 그때 제7차 초·중등교육과정과 그에

---

12 콘텐츠 가운데 스토리가 있는 것을 가리킨다. 콘텐츠는 크게 이야기 양식의 것과 그렇지 않은 것으로 나눌 수 있으며, 또 이야기로 스토리텔링될 때 한 단계 발전된 형태를 띠게 된다고 할 수 있으므로, 이 말이 가능하고 또 필요하다고 본다.

따른 교과서를 조사한 결과는 다음 두 가지로 요약된다.

하나는, 그 개념 혹은 용어가 문학 영역의 읽기 활동 위주로만, 또 혼란스럽게 사용되고 있다는 점이다. 용어를 보면, 교육과정에서 '이야기'는 초등학교 1~3학년에서만 갈래 개념이 희박한 채 사용되며, '서사'는 주로 『문학』 같은 고등학교 선택과목 교과서에서 쓰인다.

다른 하나는, 담화의 유형 분류가 설득, 정보 전달, 친교 등과 같이 목적 혹은 기능 중심이어서 '서사' 같은 표현 양식이 고려되고 있지 않으며, 따라서 문학의 네 갈래(서정, 서사, 극, 교술) ─ 목적보다 표현 방식 위주의 분류 ─ 와 혼란이 일어나고 있다는 점이다. 한마디로 '서사 양식'과 '서사문학'이 적절히 구별되지 않고 있는 것이다.

10여 년이 지난 지금은 어떠한가? 교과서를 모두 살피지 않아 조심스러우나, 그다지 바뀌지 않은 듯하다. 2015개정 초·중등 교육과정을 보면 주로 '이야기'는 초등학교에서, '서사'는 고등학교에서 사용되되 모두 문학 영역에서만 쓰이고 있다. 전보다 다소 정리가 되었으나, 개념은 정립되지 않은 채 용어의 부자연스러운 '차별화'만 상존하는 셈이다.

하지만 이야기가 과목과 장르를 초월한 담화 양식임을 의식한 듯한 진술도 조금 보인다.

〔6국05-04〕 이 성취 기준은 이야기와 극 만들기 활동

---

13   최시한, 「이야기 교육에 대하여」.

을 통해 이야기와 극의 기본적인 원리를 이해하는 한편, 이를 다른 교과의 학습을 위한 도구로 활용하는 능력을 기르기 위해 설정하였다. 이야기와 극은 문학의 주요한 갈래로서 그 자체로 교수-학습의 주요한 내용이기도 하지만, 모든 교과에서 교수-학습활동을 위한 도구로 활용될 수도 있다.[14]

교육과정이 몇 차례 바뀌었음에도 이렇게 변화가 적은 것은, 한마디로 담화의 양식에 대한 관심이 빈약하기 때문인데, 사실 이는 국어 교과에만 한정된 문제가 아니다. 모든 교과의 진술이 교육 내용에만 집중하고, 그것이 담화 매체나 형식과 밀접한 관계를 맺고 있음을 간과하고 있다. 가령 과학 교과의 교재를 집필하거나 지식을 설명할 때도, 사용하는 담화의 양식이나 갈래에 유의해야 한다는 생각은 한국 교육 현실에서 찾아보기 어렵다.

담화 교육의 이러한 양상과 그 원인을 이야기 양식 중심으로 분석하되, 모두 다루기 어려우므로 앞에서와 같이 그와 가장 밀접한 관계에 있는 초·중등학교 국어교육 중심으로 살피기로 한다.

첫째, 언어에 대한 인식이 단순하고 그 교육 역시 표층 차원에 멈춰 있기 때문이다.

교육은 주로 언어를 매개로 삼는데, 이에 대한 인식이 사전적 의미와 표준 문법 차원에 머물러 있다. 국어교육의 경우, '한국어문 교육' 즉 말과 글이라는 매체의 표층적 구조를 넘어, 달리

14　『초등학교 교육과정』, 교육부 고시 20181-62호, 120쪽.

말하면 표준 국어에서 나아가고 단어나 문장 차원을 넘어서는 '고급의 국어' '심층의 국어' 수준을 다루지 못하는 면이 있다. 언어교육은 언어에 대한 지식의 함양을 넘어서, 언어를 가지고 사고와 감정의 합리성을 기르기 위한 것이다. 이야기에 초점을 맞추어보면, 이야기라는 양식은 사물을 인식하고 표현하는 또 하나의 언어, 그 특유의 '이야기 논리'를 지닌 심층의 언어적 체계다. 말의 사전적 의미를 안다고 해서 어떤 이야기의 맥락과 스토리를 짚어낼 수 있는 것은 아니다. 이야기는 일상적 언어로 이루어졌지만 그것을 넘어서며, 이야기 콘텐츠는 어디서든 구할 수 있는 자료를 바탕으로 하지만 그것들의 단순한 총합을 넘어서는데, 그런 차원 혹은 단계에 대한 인식이 빈약한 것이다. 국어교육에서 초급국어, 중급국어, 고급국어 따위의 등급 개념이 거의 없는 것은 이러한 현실을 보여주는 예다.

한편, 이런 상태에서 벗어나려는 노력의 하나로 근래 들어 '매체 언어' 연구가 늘어나고 있다. 하지만 그 또한 언어의 개념을 확장하여, 가령 '영상 언어'처럼 다중매체 시대에 새롭게 부상한 언어를 고려하고 있는지, 또 그것의 이야기적 특성을 염두에 두고 있는지 따져볼 필요가 있다. 글말을 사용하는 능력 즉 문해력 literacy에서 나아가 '미디어 리터러시'도 주목받고 있는데, 그 '미디어'가 물적 도구에서 나아가 소통의 언어이자 문법이라고 볼 때, 그 또한 기존의 어문 규범 차원이나 '비판적 태도로 읽기'의 차원을 넘어 그 분야 특유의 소통의 문법과 양식에 대해 살피고 있는지 돌아볼 필요가 있다.

둘째, 담화가 갖는 소통매체로서의 성격을 소홀히 하기 때문이다.

이야기는 인간의 모든 담화 활동에 존재하고 또 사용되므로, 앞서 언급했듯이 교육은 이야기를 가르치기도 하지만 이야기로 가르치기도 한다. 따라서 이야기는 과목이나 분야를 초월하여 존재하는, 본래 통합적이고 도구적인 것이다. 그러므로 모든 교육에서 '의식적으로' 연구하고 활용해야 하는데, '도구 과목'인 국어과 교육에서조차 담화 양식의 차이, 예를 들어 이야기 양식과 논증(논술) 양식의 차이를 깊이 고려하여 교육하는 데 대한 관심조차 적은 듯하다. 읽기 영역이 아니라 쓰기(창작) 영역에 눈을 돌리면, 그 현실은 참으로 빈약하기 짝이 없다. 이러한 상황은, 디지털 혁명으로 갈래가 융합되고 매체가 격변하는 시대가 되었는데도 변화의 기미가 적어 보인다.

셋째, 언어교육의 내용과 자료에 관한 교육과정 체계가 불합리하고 문학에 치우쳐 있기 때문이다.

중등학교 국어과 교육과정의 내용 체계를 보면, 오래전부터 언어활동(듣기·말하기, 읽기, 쓰기) 영역과 그 대상인 문학 영역을 같은 층위에 나란히 놓고 있다. 언어활동의 대상에는 비문학적인 것도 있지만 문학적인 것도 있으므로, 담화의 양식이나 자료의 갈래를 전부 다루기 어려운 불합리한 구조다. 그 결과 언어활동 영역은 비문학만을, 문학 영역은 문학만을 대상으로 삼는 것처럼 되어서, 교과서의 자료들도 문학은 좁은 의미의 문학 장르 범주에 갇히고 비문학에 대한 관심은 체계적이지 못하게 되었

다.[15]

과학이나 수학 교육에 사용되는 정보 전달 위주의 이야기도 이야기이며, 국어 교재에 나오는 소설, 설화, 동화 등과 같은 표현적·문학적 이야기 역시 이야기이므로, 각 특성에 어울리게 고루 교육해야 한다. 사실 실생활은 물론 교육 현장에서 사용하는 언어와 교재는 주로 정보적(실용적)·비허구적 이야기이므로, 그것에 더 체계적인 관심을 쏟아야 '도구적' 언어 능력을 기를 수 있다는 주장도 가능하다. 따라서 문학교육의 효과에 대한 논의가 따로 필요하기는 하지만, 일단 교육 대상을 누구로 삼든, 일상의 삶에 더 밀착되고 비교적 일찍 익혀 활용하기 쉬운 것은 표현적(예술적)·허구적인 담화가 아니라고 볼 수 있다. 그런데도 글의 쓰기와 읽기, 이야기하기(스토리텔링) 등이 그쪽에 너무 비중을 두는 것은, 앞서 지적한 한국 언어문화의 문학 중심주의 탓으로 보인다.

용어 문제를 거듭 언급한다고 해서, 교육과정이나 교과서에 이야기, 서사 같은 용어가 반드시 자주 사용되거나 그 개념이 직접 설명되어야 한다고 주장하는 것은 아니다. 하지만 이론 체계와 개념은 교육 전반을 설계하고 실천하는 기본 틀이자 도구이므로 교육 담당자들이 언제나 연구하고 나침반처럼 활용해야 한다. 예를 들어 어떤 과목 교재의 '읽기' 활동에서 대상이 이야기일 경

---

15 현재 학교 현장에서 시행되고 있는 비문학 수업이 어떤 이론과 방법으로 이루어져야 하는지에 대한 모색의 정도는, 문학 수업의 경우와 아예 비교가 되지 않는다. 문학교육론은 매우 성하나 비문학교육론이라는 것은 그 성립 가능성에 대한 관심조차 없는 듯하다.

우와 그렇지 않은 경우(이야기 읽기/비이야기 읽기), 나아가 이야기라도 문학적인 경우와 그렇지 않은 경우(문학적 이야기 읽기/비문학적 이야기 읽기), 그 지도 내용과 방법은 달라야 하고 또 가능하면 그것들끼리 단계화되어야 한다.[16] 하지만 현행 교육과정 체계는 이렇게 담화의 양식이나 갈래를 고려하고 또 그 지도를 단계화하기 어려워 일종의 착종 상태를 낳고 있다. 그 결과 이야기는 문학 영역에서만 중시되고, 그것을 당연히 고려해야 할 다른 내용 영역은 물론 독서, 작문 등의 과목에서까지 소홀히 하게 된 것이다.

넷째, 문자매체 위주의 지식 습득에 머물러서, 다중매체 시대의 창조적 능력을 기르는 데 소홀하기 때문이다.

언어교육은 능력 중심이어야 하는데 그렇지 않은 게 한국의 현실이다. 게다가 오늘날 문자매체(글) 위주의 '내러티브'보다 '스토리텔링'이란 말이 자주 쓰이는 데서 짐작할 수 있듯이, 다중 매체 시대가 되어 글말 중심의 담화 시대가 바뀌고 있는데도 여전히 그 자리에 멈춰 있는 듯하다. 이제 전자편지는 사진을 하나의 언어로 사용하여 '지을' 수 있고, 보고서는 동영상으로 하는 '서술'이 많은 분량을 차지할 수도 있다. 물론 언어 능력의 중요성에 비추어 교육에서 글과 말 기반의 학습은 여전히 중시되어야 하겠지만, 그것이 의사소통의 변화된 현실이며 학생들의 삶 자체와

16 　문학의 읽기, 쓰기를 따로 '수용, 창작'이라고 일컫기도 하는데, 연속성 및 단계성에 대한 고려 없이 사용되므로 오히려 문학과 비문학의 구별만 심화시키고 있다.

가까운 것도 사실이다. 수업 시간에 이야기 양식의 짓기를 '수행'시키고 평가한다고 할 때, 이 시대의 교육자는 머지않아 그 형태, 지도의 내용과 평가('수행 평가') 기준 등을 글말 위주에서 벗어나 다중매체 시대의 '다중 언어'에 맞게 새로이 설정하지 않을 수 없을 것이다.

　다섯째, 용어 사용에 관한 것으로, 한자어나 외국어를 숭상하고 토박이말을 천시하는 인습 때문이다.
　'이야기'는 '심청이 이야기' '이야기책' 등과 같은 말에서 보듯 예로부터 써왔으며, '-하다'를 붙여 활용하기 좋다. 그래서 오늘날 널리 쓰이고 있는데도 그것을 입말에만 한정하여 쓰거나 굳이 '서사'를 사용하며, 심지어 '내러티브'라는 용어를 고집하여 소통과 학습을 방해하는 경우가 많다.[17]

17　'스토리텔링' 역시 '이야기 창작'으로 씀이 옳다. 외국에서 온 말을 좋아하는 인습에 밀려 하는 수 없이 사용할 따름이다.

4

콘텐츠 창작을 위한
스토리텔링 교육

이제까지 이야기와 그 창작 교육의 배경을 한국 근대의 문학 관념 중심으로 살펴보았다. 그리고 그것을 혁신하며, 이야기의 본질과 매체혁명 시대의 요구에 부응하는 스토리텔링 교육을 모색하기 위해 그에 걸림돌이 되는 담화 교육의 실태를 비판적으로 논의하였다.

이를 바탕으로 볼 때, 스토리텔링 교육의 필요성은 크게 다음 두 가지로 요약된다.

그것은 무엇보다 매체혁명 시대를 맞아 더욱 중요해진 '이야기 능력'[18]을 발전시키기 위해 필요하다. 이야기 능력은 언어 능력

---

[18] '이야기 능력'은 컬러가 사용한 '문학 능력literary competence'을 응용한 것이다. Jonathan Culler, *Structuralist Poetics*, Cornell University Press, 1975, pp. 113~130. 여기서 '능력'은 언어 능력linguistic competence의 그것과 같은

처럼 인간이 타고나는 자질로서, 일상생활은 물론 뉴미디어 시대의 문화 활동 전반에 긴요한 것이다.

한편 그것은 한국의 초·중등교육을 혁신하기 위해 필요하다. 활동보다 이해 위주이며 능력보다 교과별 지식 중심인 한국의 교육 현실에서, 스토리텔링은 매우 특별한 위치에 놓여 있다. 스토리텔링에는 온갖 지식과 정신 능력이 복합적으로 작용하므로 기존의 체제 안에서 다루기 어려운데, 오히려 그 점이 교육 혁신을 위해 바람직하게 작용한다. 콘텐츠 시대를 맞아 기존 교육의 틀을 깨는 하나의 마당, 예를 들면 교과 통합 수업의 주요 방법이나 모델이 될 수 있기 때문이다.

이러한 필요성을 충족하기 위해 스토리텔링 교육이 나아갈 큰 방향은 다음과 같다.

첫째, '이야기'를 담화 양식 개념으로 넓게 사용해야 한다. 문학 중심, 허구성 위주에서 벗어나고 특정 학문이나 과목을 초월하여, '이야기 담화'와 그 창작 행위를 하나의 보편적이고 공통된 범주로 삼아 적극 고려하고 활용할 필요가 있다.

둘째, 언어매체 중심에서 벗어나 다중매체를 적극 활용해야 한다.

셋째, 학생 중심, 활동 중심, 능력 중심의 교육 방법을 취해야 한다. 스토리텔링은 그 자체가 창작 활동인 까닭이다.

말로서, 이야기 행위의 관습과 문법을 아는, 나아가 그것을 익히고 활용하는 데 필요한 자질이다.

넷째, 기존의 학제를 벗어난 새로운 교육 체제와 프로그램을 마련해야 한다. 그것은 '쓰기'와 제작, 정보적 갈래와 표현적 갈래, 형식(기법)과 내용 등을 체계적으로 결합하고, 특히 공공성을 중시하는 가치 의식을 기르는 방향이어야 할 것이다.

제2장

스토리텔링 환경의 변화와 문학적 '쓰기'

이제까지 스토리텔링은 주로 '소설 창작론' 같은 문학 창작 혹은 문학적 '쓰기' 분야에서 다루어왔다. 스토리텔링 교육이라면 문학교육 범주에 속한다고 생각하기 쉬운 것은 그 때문이다.

오늘날 매체혁명으로 말미암아 이야기의 범위가 넓어지고 스토리텔링의 성격 또한 변했다. 이 장에서는 전통적인 문학과 문학적 이야기 쓰기의 환경 변화를 중심으로, 이러한 획기적 변동의 배경과 양상을 조감하기로 한다.

역사학에서는 문자 기록이 있고 없고를 기준으로 선사시대와 역사시대를 나눈다. 글자[文子]를 만들어 글[文]을 쓴다는 것은, 단지 사실의 기록과 전달만을 의미하지 않는다. 그것은 수렵과 유목을 하던 인류가 정착하여 농업을 하게 되는 산업 분야 혁명과는 다른 의미를 지닌 문화적 혁명이다. 이는 거기서 다시 한 단계 나아간 혁명, 즉 글자를 점토판이나 돌에 새겨 넣고 마는 게 아니라 재사용 가능한 활자를 발명하여 글을 다량으로 복제하기 시작한 혁명, 즉 15세기 중엽의 구텐베르크 혁명을 보면 알 수 있다. 이 인쇄혁명은 정보의 유통과 축적, 지역어의 보편화 등을 통해 마침내 종교개혁으로 대표되는 거대한 문화적 변혁을 낳았다. 글이라는 매체나 글쓰기라는 활동, 또 그 결과물인 책은 '언어적 존재'인 인간의 삶에서 이렇게 근본적인 중요성을 지니고 있다.

물론 표현과 전달의 매체는 원시적인 몸짓, 소리 등으로 시작되었다. 그러다가 말(입말)이라는 정밀한 기호 체계가 생겼고 문자와 인쇄술이 발명됨에 따라 글(글말)이 발전했다. 앞서 말한 바와 같이 글을 담은 책은 인류의 문화 발전에 획기적인 공헌을 했는데, 언어예술 즉 문학 역시 주로 이 책과 거기 사용된 글말을 매개로 발전해왔다. 근대문학도 다름 아닌 이 글말의 예술이요 책의 예술이다.

글과 책은 문학의 매체다. 그런데 그것들을 이루는 글자는 기호다. 독자의 눈이 1차적으로 '보는' 그것은, 사물 자체가 아니라 사물을 표상하고 전달하는 추상적 상징이요 기호다. 그리고 책은 기술技術을 사용하여 만든 하나의 물체다. 독자가 궁극적으로 읽는 문학 '작품'이란, 다시 말해 독자가 문학을 감상하며 자기 내면의 상상 공간 ── 컴퓨터가 조성하는 가상(사이버)공간의 원형이라는 의미로 '제1 가상공간'이라 할 수 있다 ── 에서 떠올리고 맛보는 문학적 형상과 체험은, 이 매체들을 통한 것이요 그와 한 몸을 이루고 있다.

작품을 읽는 동안 독자가 하는 체험이 그 매체와 긴밀한 관계에 있다는 사실은, 문학 이론의 역사에서 비교적 근래에 주목받았다. '상상' '기대' '반응' '수용' 등과 같은 독자의 내면 활동에 주목하면서, 또 미디어 이론의 영향을 받아 비로소 관심을 두게 된 것이다.

1
제2 가상공간

디지털 혁명은 통신혁명과 더불어 문화 전반에 엄청난 변화를 가져왔다. 그 변화의 폭과 속도가 워낙 크고 빨라서, 그것을 일으킨 인간이 오히려 불안을 느낄 지경이다.

문학과 관련지어 살필 때, 그것은 무엇보다 매체혁명이다. 전자 기술의 획기적 발전이 가져온 전자매체 혁명인 것이다. 이 매체의 놀라운 점은 담화를 형성하고 전달하는 언어 기호, 빛, 소리, 색채, 움직임 등과 같은, 인간의 오감五感 가운데 주로 시각과 청각의 대상이 되는 것을 전자를 이용해서 0과 1로 된 "다른 기호 체계로 변환"[1]하여 기록·저장·전달하고 재창조할 수 있다는 사

---

1   안드레아스 뵌·안드레아스 자이들러, 『매체의 역사 읽기』, 이상훈·황승환 옮김, 문학과지성사, 2020, 45쪽.

실이다. (앞으로 촉각, 후각, 미각 같은 것들까지 그렇게 할 수 있게 될 터이다.) 그리고 그러한 활동이 이루어지는 데가 물리적 공간이 아니라 가상공간, 그것도 인간의 내면이 아니라 외부의 기계적 가상공간이라는 사실이다. 이는 책이 독자의 내면에 펼치는 주관적 상상 공간(제1 가상공간)과 유사한 것을 인간의 몸 밖, 즉 컴퓨터의 화면에 인공적으로 조성한 제2 가상공간으로서, 거기서는 무수한 주체가 생산한 온갖 정보와 이미지를 다중매체를 활용하여 객관적으로 검색하고 재구성할 수 있다. 이렇게 볼 때, 전자를 운용하는 여러 소통 도구의 결합체인 컴퓨터는 참으로 놀라운 매체 즉 "인간의 확장물"[2]이다.

손에 들고 다니는 컴퓨터인 휴대전화를 살펴보자. 이것에는 인류 문화를 발전시킨 매체들이 거의 전부 들어 있다. 책, 신문, 잡지 같은 인쇄매체는 물론이고 사진기, 전화기, 라디오, 녹음기, 텔레비전, 컴퓨터 등의 시각·청각 매체가 다 거기 결합되어 있다. 이것을 이용하여 이제 사람들은 글을 읽기보다 영상을 더 많이 보거나 들으며, 읽어도 읽기만 하지 않고 댓글을 적어 쌍방으로 소통한다. 쓰기의 경우, 계속 자판을 눌러 입력을 하므로 매체가 달라지고 쓰는 양이 전보다 훨씬 많아진 데다가 각종 매체를 사용한 여러 형태의 자료, 영상 등을 가져다 융합하여 다른 텍스트나 담화를 무수히 만들어낸다. 이는 '쓰기'의 확장이라기보다 담화나 텍스트의 '창작' 혹은 '창출'이라 할 수 있다. 산업적 색

---

2   마셜 매클루언, 『미디어의 이해』, 김상호 옮김, 커뮤니케이션북스, 2011, 131쪽.

채를 더해 요즘 많이 쓰는 말로 하자면 '콘텐츠 생산'이다. 여기서 콘텐츠란 전자매체로 만들어지고 유통, 소비되는 내용물 전반을 가리킨다.[3]

근래 자주 사용되는 '다중매체 시대' '뉴미디어 시대' 같은 말은 이러한 변화가 일어난 현실을 가리키는 말들로, 디지털 혁명이 가져온 매체의 다양화와 담화의 융합 현상을 강조한다. 여기서 매체媒體와 매재媒材를 구별하면 양상을 기술하는 데 이로울 수 있다. 매체가 컴퓨터, 사진기, 책 등과 같은 도구나 그를 통해 소통되는 담화를 가리킨다면, 매재는 매체를 통해 전달되는 콘텐츠의 언어, 소리, 빛, 움직임 등과 같은 질료이다. 질료는 비교적 제한되어 있으나, 오늘날 기술이 진보함에 따라 매체는 무한히 다양하게 발달하고 있다. 앞서 언급했듯이, 책이라는 단독 매체(모노미디어) 시대에는 글만으로 여러 질료를 추상적·간접적으로 표현했다. 그러나 다중매체 시대에는 갖가지 매체와 관련 시스템이 질료 자체를 가상공간에 구체적으로 재현하여 실제로 직접 보고 듣는 것처럼 인식하도록 한다. 그래서 같은 스토리텔링이라도 소설과 시나리오의 창작은 차이점이 크다. 하지만 대개

---

3   (문화) 콘텐츠는 "디지털 기술에서 구현되는 내용물"(김기덕, 「콘텐츠의 개념과 인문콘텐츠」, 홍순석·김호연 엮음, 『한국문화와 콘텐츠』, 채륜, 2009, 56쪽)이자 문화산업의 상품이다. 이러한 뜻매김은 그 '내용물'을 문화적 재화로 만드는 데 작용하는 인간의 상상력, 가치 의식 등에 대한 고려가 적다. 다음 정의는 그 점을 의식한 것이다 ― "콘텐츠란 '어떤 소재나 내용에 여러 가지 문화적 공정을 통해 가치를 부여하거나 가치를 드높인 것'이라고 정의하고 싶다."(최연구, 『문화콘텐츠란 무엇인가』, 살림, 2006, 59~60쪽) 한편 근래에는 '문화'를 빼고 그냥 '콘텐츠'라고 일컬으므로 여기서도 그에 따른다.

'매재'라는 용어를 쓰지 않으므로 여기서도 필요한 경우를 제하고는 '매체'만을 쓰기로 한다.

2

문학과 스토리텔링의
환경 변화

아날로그가 디지털로 바뀌는 거대한 변화의 시대, 전자매체가 문자매체를 압도하는 이 시대에, 글말의 예술이요 책의 예술인 문학과 그 환경은 어떻게 변해가고 있는가? 이야기의 창작 곧 스토리텔링을 중심으로, 비교적 확실해진 양상을 정리해보기로 한다.

첫째, 문학의 입지가 좁아지고 있다.

문자매체가 덜 사용되고 책도 기능이 떨어짐에 따라 문학의 지배력이 약화되며 그 위상이 낮아지고 있다. 대신 전자책이 등장하고 있으나, 사람들은 글자라는 추상적 기호보다 영상과 소리라는 구체적이고 감각적인 매체에 쏠린다. 가령, 같은 이야기 양식의 예술 가운데 정신을 집중하여 상상하고 추리해야 하는 소설

을 '읽기'보다는 그러한 노력을 덜 요구하는 영화를 많이 '보려'
한다. 언어는 추상적이라 형상을 떠올려 상상하지 않고는 감상하
기 어려운 데 비해, 영상매체는 그렇지 않으므로 감각 저편의 정
신 활동을 약화시키는 면이 있다. 그 때문에 오히려 문학의 존재
가치가 확실해지겠지만, 상대적으로 그 입지가 좁아지고 위상 또
한 낮아지는 흐름을 거스르기는 어려운 상황이다.

　이제 문학인의 동상이 서는 일은 별로 일어나지 않을 것이
고, 대신 영화감독의 동상이 서게 될 터이다. 대학에서 어문 계열
학과가 세력을 잃어가고 문예창작학과가 줄어드는 데 반비례하
여 콘텐츠나 미디어 관련 학과가 늘어나는 현상은 이러한 추세를
반영하고 있다.

　둘째, 전통적 장르의 경계가 무너지고 있다.
　장르의 관습과 형태는 항상 변한다. 판소리가 판소리계 소설
을 낳고 서구식 무대 공연이 도입되자 그것이 다시 창극으로 변
했듯이, 문학의 입지가 좁아지고 매체가 바뀜에 따라 작품집이나
문학잡지가 줄며 그에 따라 규범화되었던 작품의 성격과 규모도
달라지고 있다. 노트북이나 휴대전화를 가지고 어디서든 콘텐츠
를 소비, 생산할 수 있게 되면서 매체의 프로그램과 플랫폼이 형
식을 좌우하고, 지하철 같은 이동 환경에서 금세 감상할 수 있는
초단편 웹소설, 웹드라마, 웹툰 등이 등장한다. 1970~1980년대
에 많이 창작된 대하소설처럼 '오래 음미하며 읽는' 갈래는 짓고
감상할 사람이 적어지는 것이다.
　주목할 점은, 이런 외적 변화와 함께 문학 자체의 장르의 경

계가 무너지고 융합되는 현상이다. 예를 들면 시, 소설, 동화, 회화, 음악 등의 경계가 흐려지면서 그림책, '예술적 만화' 등이 나오고 근래에는 그래픽 노블 같은 장르도 출현했다. 영화가 문화계의 주도적 장르가 되면서 소설에 영화적 서술이 늘어나더니, 사진이나 그림이 글과 대등한 비중으로 소설책에 들어와 서점 진열대를 차지한다. 소설이 영화나 뮤지컬 제작을 전제로 그 대본 비슷하게 창작되기도 한다. 이제 어떤 사진집, 애니메이션, 뮤직비디오 등은 시, 소설, 그림, 영화, 음악 등을 혼합한 제3의 장르가 되어가는 듯하다. 음악 연주회의 무대 뒤편에 대형 화면이 등장하여 그 음악이 사용된 영화의 장면을 보여주는 것은 흔한 일이 되었는데, 극장의 화면에 새로 창작한 시가 발표되고 그 감상을 돕기 위해 실내악이 연주된다 해도 이상하지 않을 것이다.

이야기 양식 중심으로 보면, 이러한 상황에서 작품들 사이의 상호텍스트성, 혼종성이 증가하고, 하나의 스토리나 인물이 다른 이야기나 사물에 전용轉用되는 현상이 빈번히 일어나고 있다. 문화산업계에서 흔히 '원 소스 멀티유스OSMU'라고 부르는 작업이 그중 대표적인데, 여기에 이르면 문학의 하위 장르들 사이의 경계는 물론이고 문학과 비문학 자체의 경계까지 흐려지고 있음을 알 수 있다. 어떤 것이 문학적인 것인지, 어디까지가 문학이고 다른 예술이나 담화인지 구별하기 어려워지는 셈이다.

셋째, 예술적인 것과 대중적인 것, 표현적(예술적)인 것과 정보적(실용적)인 것이 뒤섞이고 있다.

두 가지 구분 가운데 후자는 이야기 양식을 창작의 목적 ──

내면적 진실의 표현과 미적 형상화/객관적(외적) 정보의 전달과 실용적 효용 추구 —— 위주로 나눈 것이다.[4] 이는 변화된 현실을 고려하여 기준을 새로 세운 것이라 낯이 설지만, 전자는 비교적 익숙한 것이다. 얼마 전까지도 예술적/대중적의 구분은 암암리에 주변적이고 저급하다고 판단되는 문학을 밀어내며, 중심적이고 고급스럽다고 여기는 문학을 높임으로써 문학성 혹은 예술성을 지키고 강화하는 데 이용되어왔다.

그러나 문학의 입지가 좁아지고 그 경계가 무너져 다른 양식의 예술이나 비예술 담화와 융합되는 상황에서, 게다가 한계가 없는 가상공간에서 문화산업이 국가의 기간산업 가운데 하나로 날로 팽창하는 현실에서, 대중성 혹은 효용성은 피할 수 없게 되었다. 문학의 문학성을 지키는 일은 항상 의미가 있으나 이미 문학이 혼자 존재하기 어려워졌고, 예술적 완성을 위해 대중적 흥미나 전달성을 마냥 유보하기도 힘든 환경이 된 것이다. 예술성을 지키려는 쪽에서는 예술의 타락을 걱정하지만, 문화산업을 주도하는 자본은 대중의 소비를 촉진하기 위해 이미 현란한 다중매체를 가지고 고급의 예술 기법을 상업적 목적에 이용한다. 말하자면 일종의 '예술적 기법의 산업화' 혹은 대중화가 일어나고 있는 것이다. 이는 기법의 측면에 그치지 않고 점차 내용의 측면에서까지 이루어져, 어떤 문화 상품은 '예술적 상품' 곧 상품이면서 예술성을 띤 것이 되기도 한다.

물론 어떤 형태의 작품이나 콘텐츠를 놓고 보다 가치 있는

---

4   이 책 83쪽을 참조하시오.

것과 없는 것, 미적으로 더 세련된 것과 그렇지 않은 것을 구별하는 비평 작업은 언제나 중요하다. 하지만 디지털 혁명이 초래한 매체의 발달과 장르의 해체 및 융합은, 그 기준을 새로 세우도록 요구하고 있다. 과거의 기준이 이 복합적 현실에 맞지 않을 뿐 아니라, 본래 창의성을 바탕으로 삼는 문화 활동이 산업화되면서 대중성 자체의 성격이나 수준 또한 달라지고 있기 때문이다. 상업적 흥행을 노리는 이른바 블록버스터에 첨단의 예술적 실험이 활용되는 식의 통섭이 광범위하게 일어나자 대중성에 대한 태도가 달라지고, 문학성이라는 것도 문학을 통해서만 달성된다고 보기 어려워지는 것이다. 문학 고유의 가치라는 것도 어느 단계에 이르면 그 본질이 변하거나 다른 것에 의해 대체되리라는 예상까지 할 수 있다.

넷째, '창작'의 개념이 확대되며 다양한 작가가 출현하고 있다. 디지털 혁명 이전의 작가는 말 그대로 글을 '쓰는' 사람이었다. 그의 전통적 이미지는 펜을 들고 원고지에 글을 쓰는 모습이다. 그는 글말 예술가답게 자기 내면의 사색을 전달해줄 글을 써서 책의 질료를 제공하는 사람이었고, 그래서 그를 글을 '짓는' 사람 곧 작가라 하고 그의 '쓰기'는 특별히 '(문예)창작'이라고 불렀다. 그러나 이제 원고지는 사라지고 펜 대신 그 이름이 참 아이러니한 '노트북'의 자판이 사용된다.

글을 쓰는 방식만 바뀐 게 아니다. 쓰는 글의 장르나 양식은 물론 창작 활동 자체가 바뀌고 있다. 창작을 하려는 젊은이가 시, 소설보다 영화 시나리오, 텔레비전 드라마 대본 쓰기를 더 지망하는 경향은 이미 오래전에 대세가 되었다. 어떤 이는 소설을 짓기보다 영화계로 진출하여 그것을 '각색'하고자 한다. 시를 습작하던 사람이 명시名詩의 시적 특성을 활용하여 영상 광고를 '만들기' 위해 광고 회사의 문을 두드린다. 또 회화를 전공한 사람이 그림책, 애니메이션 등의 제작에 참여하여 캐릭터를 '디자인하기' 위해 스토리텔링 강좌를 수강하기도 한다.

문학은 문자로 지은 탑이다. 시, 소설은 글을 쓰기만 하면 그것으로 일단 창작이 완결된다. 하지만 다중매체 시대의 작품 혹은 콘텐츠는 대부분 여러 매체를 활용한 '제작' 과정이 더 필요하다. 따라서 희곡을 가지고 연극을 공연하듯이, 어떤 기획 아래 건축하듯 지어서 완성해내야 한다. 드라마 대본, 시나리오, 콘티, 트리트먼트, (만화의) 바탕글, 이야기 게임의 스토리보드, 스토리가 있는 다큐멘터리의 구성안이나 테마 공원 기획안 등은 이 제작 과정에서 필요한 '글'들이다. 이들은 일반 언어를 사용하지만 '영상 언어' 따위를 전제하거나 활용하는, 최종적인 콘텐츠 혹은 작품의 바탕이자 제작 내용에 해당된다. 이 중에는 희곡처럼 오래전부터 문학으로 간주되어온 것도 있지만, 거의가 전통적 의미의 글이 아니다. 그것은 대부분 대화와 지문 위주이고 이미지(그림, 영상), 음악 등이 기호나 상징으로 함께 사용되는 그런 글인 것이다. 나는 이 글들을 통틀어 '대본'이라 부르면서, 콘텐츠 창작이 매체를 복합적으로 사용하면서 매우 늘어나고 중요해진 갈래로 자리매김해야 한다고 본다.

앞의 대본 범주에 드는 글을 쓰는 이는 작가인가, 아닌가? 또 전체의 기획자나, 제작 과정에 참여하여 창작 활동을 하지만 디자이너와 같이 '글은 쓰지는 않는' 사람은 어떠한가? 텔레비전 드라마 대본이나 영화의 시나리오 쓰는 이가 작가이고 그것을 바탕으로 최종 작품을 완성하는 연출가, 감독 등 역시 작가로 인정된다면, 그 제작 과정에 참여하는 사람들 또한 작가다. 아이디어를 내어 기획서나 구성안을 쓰는 이는 물론이고, 글이 아닌 다른 매체로 창작에 참여하는 캐릭터 디자이너, 음악감독, 사운드 디자이너 등도 모두 창작가 즉 작가인 것이다. 애니메이션 「인사이드 아웃」(감독: 피트 닥터) 말미의 자막에는 (시나리오가 아니라) '스토리' 창작을 도운 이들이 수십 명 나열되어 있는데, 그런 사람까지도 모두 작가요 스토리텔러라고 할 수 있다.

본래 종합예술의 창작은 글로만 하는 게 아닌데, 이제 여러 장르를 융합하고 갖가지 질료와 매체를 복합하여 창작하는 시대가 되었으니 그것을 수행하는 이들 모두 '다중매체 예술'의 작가인 것이다. 자료, 정보, 아이디어 등과 완성된 콘텐츠 사이의 제작 과정에서 활약하는 그들 모두를 전통적 의미의 작가와 굳이 구별하여 부른다면 '콘텐츠 창작자'가 적절할 것이다. 문화산업을 창조산업creative industries이라고 부르기도 하며, 거기에 필요한 노동이 '창의노동'[5]인 까닭은, 이렇게 그 제작이 창의력을 요구하는 창작이고 거기 참여하여 협동하는 이들이 모두 작가이기 때문이다.

---

5   한채원, 『창의노동』, 커뮤니케이션북스, 2017, 2쪽.

3

창작의 방향

전통적인 문학의 성격과 환경이 이렇게 변해가는 상황, 문학 창작의 형태와 범주가 매우 바뀌어가는 이런 시대를 문학인은 비판적이거나 비관적으로 바라보기 쉽다. 근래 한국문학은 시대의 변화에 대응한 어떤 혁신적 활동을 주저하고 있는 듯하다. 워낙 상황이 빠르게 변하고, 문화산업계가 경제 논리로 독주를 하며, 문화 소비자의 요구가 거센 까닭에 일종의 수동적·보수적 대립 상태에 머물러 있는 것처럼 보이기도 한다. 가령 콘텐츠 산업 관련 국가기관인 한국콘텐츠진흥원과 문학계는 상호 교류가 적은 편인데, '제4차 산업 시대' 운운하는 현실에서 문화의 발전과 국가 경제의 향상을 위해 바람직한 일이 아니다. 문화의 자연적 진화에 맡겨두면서 예술성을 고수할 수도 있겠으나, 현실은 이미 크게 변하고 있으므로 전통적 관념에서 벗어나 보다 적극적인 자세가 필요한 때다.

입지가 좁아지고 위상이 떨어진 것은 사실이지만, 언어가 사라지지 않는 한 언어예술은 존재할 것이다. 글과 책이 덜 이용되더라도 그 내용은 컴퓨터에서 사라지지 않듯이, 문학의 가치는 계속 존중될 터이다. '문학적'이라고 여겨온 것들은, 앞으로도 매체와 형태를 달리하여 지속되고 또 그와 상호작용하며 변화·진보되어갈 것이다. '이야기 양식'은 본래 언제, 어디서나 존재하는 것이므로 더 말할 게 없다. 따라서 표현과 전달의 형태는 어느 시대에나 변하게 마련인 관습이요 제도이므로 양식과 장르, 내용과 형식을 방법적으로 분리해 생각하면서, 유연하고 열린 자세로 대처함이 바람직하다.

호메로스는 악기를 연주하며 '낭송 공연'을 하는 음유시인이었고, 셰익스피어 역시 공연에서 역할을 맡은 사람이었다. 장르의 해체와 융합 속도가 역사상 유례없이 빠르기는 해도, 그런 현상 자체는 항상 존재해왔다. 영화는 소설과 매우 다른 갈래지만, 감상자에게 소설이 요구하는 문학적 문해력(리터러시)과 차이가 있는 영상 문해력(비주얼 리터러시)을 요구할 따름이지, 영화와 소설은 같은 이야기 예술이다. 그렇다면 상황의 변화에 맞추어 영화가 형상화하기 어려운 사건이나 인물의 어떤 모습을 집중적으로 형상화하는 쪽으로 소설을 발전시킬 수도 있다. '보여주기showing'보다 '들려주기telling'의 서술 방식을 심화시켜 언어예술의 독보적 영역을 강화하는 것도 가능하다. 소설가가 소설이 발전시켜온 기법을 활용하여 영상물을 위한 각색에 참여한다든가, 이미 많이 그러고 있지만, 문학 비평가가 문학 이론을 발전시켜 영화 비평을 할 수도 있다. 한마디로 문학과 비문학 사이, 문학 자체의 하위 갈래들 사이의 경계를 초월한, 보다 근원적이고 융합적인 창작법이 요구된다. 기존 예술이나 담화의 범주, 장르의 관습 등을 뛰어넘어, 기본적 요소들을 바탕으로 다른 것들을 재결합하여 창작하는 자세가 바람직하다. 그것을 작가의 '장르 융합하기' 혹은 '형식 확장하기'라고 부를 수 있을 것이다.

매체의 변화와 더불어 현실은 이미 바뀌고 있다. 스토리텔링이 온갖 분야의 소통과 콘텐츠에서 두루 중요시되는 것은 그런 환경 변화 때문이다. 그것은 다중매체와 종합 이야기 예술을 배경으로, 특히 이른바 '멀티미디어 스토리텔링'이 엔터테인먼트 산업의 바탕이 되면서 전면에 부각되었다. 하지만 그 이전부터 분야, 갈래, 매체 등을 초월하여 존재하며 활용된 것으로서, 인간이 수행해온 표현의 기본 양식 가운데 하나다. '2차적인 구술성'[6]의 시대를 연 디지털 혁명이 그것의 기능과 보편성을 획기적으로 부각시키고 활성화시켰을 따름이다.

여기서 또 주목할 것은, 수필 혹은 그것으로 대표되는 교술 갈래 또한 그 장르적 특성 때문에 매체혁명으로 말미암아 매우 활성화된 문학의 한 분야라는 사실이다. 시, 소설, 희곡 등은 장르적 규범성이 강한 데 비해 수필은 그렇지 않으므로 매체혁명으로 인해 입지가 좁아지지 않고 오히려 더 풍성해졌다. 이 사실은 그다지 주목받지 않고 있는데, 개념이 일정하지 않고 한국문학에서

---

6   월터 J. 옹, 『구술문화와 문자문화』, 이기우·임명진 옮김, 문예출판사, 1995, 204쪽.

비교적 덜 중요시되는 데다 장르론적 접근에 소홀하기 때문으로 보인다.

요컨대 디지털 혁명은 이야기 양식과 수필 갈래의 발전에 긍정적으로 작용한 면이 많으므로, 변화에 맞추어 적극적으로 이론을 개발하고 창작 방향을 모색할 필요가 있다. 이야기 양식의 창작은 이 책 전체에서 다루기에, 여기서는 수필을 가지고 다중매체 시대의 문학적 쓰기의 방향을 간략히 짚어본다.

4

수필의 경우

한국에서 수필은 그 개념이 일정하지 않다. 중등학교『국어』와『문학』등의 교과서마저 그러하다. 따라서 그에 관해 논의하려면 먼저 개념을 정리해야 논란을 줄일 수 있다.

여기서 나는 수필을, 조동일이 갈래지은 '교술' 양식의 범주에 드는, 그 대표적인 문학 갈래의 하나로 본다. '수필'이라는 말은 근대 이전부터 있었으나 수필이 '(근대)문학'의 한 갈래로 널리 중요시된 것은 1920~1930년대부터다. 그러한 경향을 이끈 해외 문학파들은 수필을 영어의 '에세이essay'와 동일시하면서도, 사실은 그 가운데 비격식적 수필infomal essay(미셀러니, 경수필) 중심으로 개념을 정의하고 창작도 했다. 그로부터 여러 논란이 빚어졌는데, 사적인 체험보다 공적인 논리 위주의 격식적 수필formal essay(중수필)을 수필의 전형적 형태로 볼 수 있는가, 기행, 전기傳

記, 일기日記, 록錄, 논論, 설說, 칼럼 등이 '수필'과 나란히 같은 층위에 놓이는 갈래인가, 그에 속하는 (하위의) 갈래인가 등이 그러하다. 이는 특히 수필에 대한 이론적 논의와 그것을 창작하고 교육하는 현실적 실천이 서로 엇갈려서 혼란이 심해지기도 했다. 한마디로 논리상으로는 중수필도 수필이라고 하면서, 실상은 경수필 위주로 창작하고 교육하는 경향이 있었던 것이다.

나는 『수필로 배우는 글읽기』(초판 1994)에서 수필을 서구의 에세이 전반을 거의 포괄하는, 앞에 나열한 여러 산문 갈래를 두루 싸잡는 교술의 대표적 갈래로 잡으면서, "수필은 주제를 그것 위주의 자유로운 형식으로 직접 제시하는[7] 비허구적 산문"[8]이라고 뜻매김한 바 있다. 이는 수필의 특성을 지적하되 오늘날 실제로 다양하게 존재하는 산문들을 두루 아우르기 위한, 달리 말하면 매체 환경의 변화에 유연하게 적응할 수 있는 수필의 특성을 강조한 뜻매김이다.

수필은 좁은 의미의 문학 범주 밖에 있다. 달리 말하면 문학과 비문학의 경계 지대에 놓여 있어서, 문학 개념을 넓게 잡아야 그 영역에 든다. 고유의 규범적 형식이 없는, 이른바 '무형식의 형식'을 지닌 수필은, 그래서 어떤 기존의 형식이든 빌려다 쓸 수

---

7   폴 헤르나디는 문학의 양식mode을 비전 주장, 행동 재현, 비전화된 행동, 행동화된 비전 등을 네 꼭지점으로 삼는 다이아몬드형 좌표를 설정하고, 각각 주제적 양식, 극적 양식, 이야기 양식, 서정 양식으로 구분했다. 앞의 뜻매김에서 '주제를 직접적으로 제시'한다는 특성은 수필이 '주제적 양식'에 속한다고 본 것이다. Paul Hernadi, *Beyond Genre*, Cornell University Press, 1972, p.166.

8   최시한, 『수필로 배우는 글읽기』(제3판), 문학과지성사, 2016, 104쪽.

있고, 주제를 형상화하기보다 직접적으로 제시하므로 어떤 제재든 자유로이 활용할 수 있는 혼합적 성격의 갈래다. 따라서 누구나 접근하기 쉽다는 게 수필의 특성이요 장점이다.

전자매체 혁명은 종이와 펜을 밀어냈지만, 반어적이게도 문자판(키보드)을 비롯한 각종 도구를 사용하여 전보다 훨씬 더 많이 '담화 행위'를 하게 만들었다. 각종 사이트와 플랫폼, 사회연결망서비스를 통해 사람들은 끊임없이 무엇을 쓰거나 촬영해 올리는데, 그것은 결과적으로 수필의 영역을 넓히고 생산량을 비약적으로 늘렸다. 디지털 혁명은 좁은 의미의 문학에는 위기처럼 여겨질 면이 있지만, 수필에는 도리어 드넓은 가능성의 대지를 열어준 것이다. 이는 이미 무수한 블로그, 페이스북, 트위터, 인스타그램, 브런치, 유튜브 등을 채우고 있는 각종 형태의 담화들에서 확인되고 있다. 누구든지 거리낌 없이 글은 물론 소리(음성), 그림(영상, 사진) 등을 함께 사용하여 무언가를 기록·표현·전달하고 있는데, 이는 다중매체 시대의 수필로서 '영상 수필'이라고 불리기도 한다. 그것을 책으로 정리하여 펴내는 경우도 많으며, 그럴 경우 대개 수필집으로 분류된다.

이러한 변화 속에서 보다 새롭고 수준 높은 수필을 창작하려면 어떻게 해야 할까? 창조성을 생명으로 삼는 창작에 대해, 더구나 수필처럼 규범적 형태를 거부하는 장르를 대상으로 이 방법이 저것보다 더 낫다고 설득력 있는 답을 내놓기는 어렵다. 여기서는 앞에서 한 논의의 연장선상에서 몇 가지 방향을 제시하는 데 그치고자 한다. 전통적인 수필이나 그 창작 방법을 부정하기보다, 매체 환경의 변화와 스토리텔링을 염두에 두고 수필 창작의 새로운 방향을 모색해보려는 것이다.

첫째, 주관적이고 자기표현적인 면보다 객관적이며 정보 전달적인 면에 중점을 두어 제재를 잡는다. 중수필적인 성격을 강화한다는 말인데, 정보화 시대, 통섭의 시대는 지식과 정보가 넘쳐나고 그것을 새로운 차원에서 종합할 것이 요구되는 까닭이다. 개인의 취미든 전문적 탐구든, 특정 제재에 관한 깊이 있고 다양한 정보는 그 자체만으로 콘텐츠의 가치를 높인다. 이 작업을 하기 위해서는 참신한 제재를 잡고 검색 시스템을 활용하여 관련 정보를 모으는 노력과 함께, 그것들을 새롭게 결합하고 해석하는 상상력과 감수성이 요구된다. 개인적 체험이나 관심에서 출발하더라도 그것을 보다 사회적인 현상이나 지향과 결합하려는 사색이 필요하며, 언어를 감성 중심적이기보다 사실 혹은 논리 중심적으로 사용하는 자세가 바람직하다.

이러한 맥락에서, 본래부터 스토리를 품고 있는 이야기(서사적) 수필, 특히 그중에서도 뒤에서 다룰 '역사문화 이야기'에 새롭게 주목할 필요가 있다. 오늘날 흔히 다큐멘터리나 논픽션이라고 부르는, 비허구적이고 정보 중심적인 콘텐츠의 대부분이 역사와 문화를 제재 삼아 제작되는 까닭이다. 아울러 수필의 교육적 활용에도 관심을 기울일 필요가 있다. 명징하고 세련된 언어로 진술된 정보적 이야기는 그 자체가 교육 자료로서 가치가 높기 때문이다. 이에 대해서는 뒤에서 더 자세히 다룰 것이다.

둘째, 스토리텔링을 창작 방법으로 활용한다. 여러 경험과 지식을 결합하여 스토리를 만드는 서술, 바꿔 말해 스토리 중심으로 경험과 지식을 재구성하는 서술 방식은 인류가 발전시켜 온 대표적인 정보처리 방식이다. 수필의 종류 가운데 이야기 수필이 누구나 즐기는 대표 갈래인 것은 그 때문이다. 그러므로 보다 재미있고 의미 있는 사건 곧 상황의 변화를 중심으로 느낌, 사실, 판단 등을 결합한다면, 독자의 흥미를 끌면서 글의 공공성을 높일 수 있을 것이다. 10분짜리 다큐멘터리가 어떤 감동적인 소설보다 더 감상자를 사로잡았다면, 거기에는 대개 어떤 흥미롭고 가치 있는 스토리가 들어 있어서이다.

여기서 문학적인 것=시적 혹은 서정적인 것이라는, 한국 문화에 의외로 깊이 뿌리박혀 있는 관념을 비판적으로 바라볼 필요가 있다. 물론 시적인 면도 필요하나, 수필이라는 산문 갈래가 추구하는 문학성은 이른바 '산문' 정신에 충실한 것이 본령이다. 대부분의 정보는 이야기라는 산문의 일부가 될 때 의미가 살아나고 맥락이 보존된다. 그리고 그 이야기 산문의 '정신'은 현실을 명징하게 드러내고 인간적 진실을 추구하는 태도, 그리고 그것이 낳는 섬세하고 진솔한 언어와 밀접한 관계에 있다. 문학적인 것은 삶의 어느 곳에 따로 존재하지 않으며, 그것을 드러내는 표현 역시 미리 정해져 있지 않다.

셋째, '문학'의 범주와 관습에 매이지 말고 매체와 형식을 다양하게 활용한다. 앞서 '영상 수필'이라는 말을 썼는데, 수필은 본래 혼합적인 면이 있는 갈래다. 자료 사진이 많이 활용되는 전기와 여행기는 가장 오래된 '다매체 수필'이라 할 수 있다. 근래 수필가가 글만이 아니라 그림, 사진 등을 혼합하여 가상공간에 올린 후 책으로 출판하는 경우가 늘고 있다. 최근에는 음악을 다루는 글에 관련 명곡을 직접 검색해 들을 수 있는 해시태그와 큐알QR코드를 붙여주는 예도 흔하다.

매체와 형식의 변화는 내용의 변화와 짝을 이룬다. 전자가 후자를 낳으며, 거꾸로 후자가 전자를 요구하기도 한다. 그러므로 전자를 수용할 때 후자와 조화되어야 완성도가 높아진다는 것, 새로운 주제나 경험의 추구가 결여된 전자의 수용은 의미가 적다는 것을 기억할 필요가 있다.

지금 한국의 전통적 '수필문학'은, 이미 변화된 현실을 수용하여 범주를 넓히고 정체성을 새롭게 형성하는 일종의 사회화가 필요해 보인다. 앞의 세 가지는 그 방향을 대강 진술해본 것으로, 뒤에서 교육과 연관 지어 더 살필 것이다.

제3장

스토리와
스토리텔링 교육

이 장에서는 이야기다움(서사성)의 핵심인 스토리를 중심으로 먼저 스토리텔링의 기본 개념과 갈래에 대해 살핀다. 이를 바탕으로 그 교육적 가치를 논의한 후, 스토리텔링 교육의 기본 성격을 확립한다.

여기서는 주로 이야기의 큰 두 갈래 ── 표현적(예술적)인 것과 정보적(실용적)인 것 ── 가운데 형식의 규범성과 통일성이 더 강한 전자를 대상으로 한다. 그중에서도 대부분의 이야기 예술이 지향하는 극적 완결 구조를 지닌[1] 이야기다. 그것의 구조는 '스토리'와 '서술'이라는 두 층위level[2]로 나누어 분석하는데, 이를 통해 스토리텔링 교육의 내용과 방법을 모색할 이론적 바탕을 마련하고자 한다.

스토리텔링 교육이 본격적으로 이루어지려면 그 교육의 내용과 방법이 필요하다. 이 개론적 논의는 궁극적으로 그것을 새로이 구상하기 위한 것이다.

---

1 '극적 완결 구조를 지녔다'는 말은, 연극과 같은 구조를 지녔다기보다 드라마틱한 사건 전개 구조를 지녔다는 뜻이다. 가령 플롯의 몇 단계, 기승전결 등의 구조를 지녔음을 가리키는 말이다.

2 여기서는 이야기의 층위를 둘로 구별한 채트먼에 따른다(시모어 채트먼, 『영화와 소설의 서사구조』, 김경수 옮김, 민음사, 1990, 21쪽; 최시한, 『현대소설의 이야기학』, 역락, 2008, 51쪽, 199~200쪽을 참조하시오). 이 글에서 내가 사용하는 '서술'은 채트먼의 discourse, H. 포터 애벗의 narrative discourse 등과 통하는 개념인데, 이들은 '이야기' '작화作話'(최상규), '담론'(한용환), '서사담화' 등으로 번역된 바 있다. H. 포터 애벗, 『서사학 강의』, 우찬제 외 3인 옮김, 문학과지성사, 2010, 46쪽.

1

이야기, 스토리,
스토리텔링

앞에서 이야기는 인간의 보편적 담화 양식들 가운데 지배적 위치에 있다고 했다. 오늘날 인지과학은 "사람의 정보처리에서 이야기가 중심적 자리를 차지한다는 것을 밝혀내고 있다."[3] 이야기는 어떤 소통 행위에서나 사용될 수 있고, 어떤 담화 형태에든 존재할 수 있다.

'이야기'나 '서사'라고 하면 대개 언어로 하는 허구적 이야기 곧 '서사문학'을 떠올리고, 그중에서도 설화나 소설 갈래 위주로 생각하는 경향이 있다. 그러나 이는 문학 중심의 개념이다. 다중 매체 시대의 스토리텔링 논의에서, '이야기'는 인간이 의사소통에 두루 사용하는 담화의 한 양식이라는 개념으로 쓰는 게 적절하

---

[3]   복거일, 『수성(獸性)의 옹호』, 문학과지성사, 2010, 19쪽.

다. 그것은 넓은 의미의 이야기, 역사적으로 존재했거나 하고 있는 갈래는 물론 매체, 허구성 여부 따위를 초월한 이론적 갈래 혹은 양식 개념이다. 다중매체 시대에 만약 언어만 매체로 삼는 문학적 이야기 중심으로 스토리텔링에 접근한다면 연극, 영화, 뮤지컬 같은 종합 이야기 예술을 비롯해, 다큐멘터리 창작, 이야기 게임의 기획, 스토리 있는 뮤직비디오나 광고물의 제작, 이야기를 활용한 공간 설계 등 문화 활동 전반에 '확장된 스토리텔링'을 아울러 다루기 어려울 것이다. 스토리라는 것이 궁극적으로 언어로 표현되지만, 문학처럼 언어만을 매체로 형상화되지는 않는다. 어떤 스토리를 매체와 형식이 다른 이야기 텍스트로 재창작하는 '전용'[4]이 일반화되는 현상만 봐도, 이야기의 범주를 넓게 잡아야 두루 살피기에 좋다.

여기서 용어 문제를 잠시 짚고 넘어가기로 한다. 한국어에서 일반적으로 '이야기(하다)'는 ① 말(언어), ② 스토리(줄거리)가 있는 것(의 갈래), ③ 스토리가 있는 서술 결과물(작품, 담화) 등 여러 가지를 뜻한다. ①은 ②가 담화의 주된 양식이다 보니 뜻이 확대되어 언어(활동) 전반을 가리키게 된 것으로, 너무 뜻이 넓다. 학술적으로 살려 사용하기에는 ②와 ③이 적합한데, ③은 ②에 포함되는 구체적 사물이다.

한편, 그 말은 관련 학계에서 서로 다르게 사용되고 있다. '옛이야기'(민담) 따위의 설화만 가리키거나, 서로 개념 차이가 있는 'narrative' 'story' 'discourse' 등의 번역어로 거칠게 쓰이기도 한다.

---

4   이 책 192쪽을 참조하시오.

예를 들어 "이야기story는 보통 서사체narrative를 의미"[5]한다는 진술이 있는가 하면, 시모어 채트먼의 책을 번역하면서 discourse(서술)와 대조되는 용어 story를 '이야기'로 옮기기도 한다.[6]

디지털 혁명으로 스토리텔링 개념이 부상하면서 '이야기' 혹은 '서사'라는 용어도 서사문학 중심의 개념을 벗어나 일반 담화 양식 개념으로 넓게 사용할 필요가 있다.[7] 앞서 말했듯이, 다중매체 시대를 맞아 담화의 형태가 다양해지고 그 양이 증가하는 한편, 문화산업 또한 이야기의 전용과 융합을 촉진하고 있기 때문이다. 매체혁명이 조성한 사이버 공간 즉 '제2 가상공간'에서는 매체와 형식을 달리하여 스토리가 끝없이 '재서술' 혹은 '재매개'되면서 새로운 문화 활동과 산업을 창출하고 있다.

이야기란 '사건의 서술'이다. 이 뜻매김에서 '사건'은 "상황 또는 상태의 변화"[8]를 가리킨다. 이야기는 삶을 재현하므로 이야기에서 이 추상적인 변화는 인물과 사건 같은 구체적 형상과 움직임'을 통해,' 또 어떤 매체들'로써' 형상화되고 서술된다. 이야기 행위 즉 스토리텔링은 이 서술 활동을 가리키는데, 사건을 서술하여 스토리가 있는 것을 짓고 만듦으로써 무엇을 표현하고 인

---

5   한용환, 『소설학사전』, 문예출판사, 1999, 355쪽.
6   『이야기와 담론』, 한용환 옮김, 고려원, 1991, 24쪽.
7   이와 달리 최혜실은 "'이야기'라고 하면 문학작품을 떠올리는 기존의 인식을 탈피하"려는 의도로 '디지털 스토리텔링'이라는 말을 쓴다. 『문자문학에서 전자문화로』, 한길사, 2007, 156쪽.
8   최시한, 『소설의 해석과 교육』, 87쪽.

식·체험시키는 행위이다.[9]

이야기를 감상할 때, 특히 여기서 주된 대상으로 삼는 극적 구조를 지닌 허구적 이야기의 수용 과정에서, 감상자는 서술된 순서에 따라 사물의 형상들을 떠올리며 인물과 사건 중심으로 상상하고 종합한다. 사건의 대리 체험이 이루어지는 그 과정을 거치는 동안, 감상자의 내면에서는 인물을 비롯한 형상들과 여러 정보가 서술 순서나 겉모습을 떠나 작은 '상황의 변화' 즉 하위 사건들로 결합되고, 다시 그것들끼리 연결되어 점차 상위의 크고 중심적인 사건을 이루는데, 그 결과물이 스토리다. 요컨대 스토리란 "핵심적인 상황의 변화와 그 의미가 요약"[10]되고 서술상의 빈틈이 읽어 넣어진 '사건의 연쇄'다.[11] 이 스토리가 내포되어 있는 것, 그래서 감상자의 내면에 스토리를 형성하는 것이 이야기(물)이다. 이야기다움의 핵심이 스토리이고 이야기는 담화의 핵심적 양식이므로, 스토리는 매체와 갈래를 초월하여 온갖 담화에 존재할 수 있다.

---

9   이인화는 '스토리, 담화, 스토리가 담화로 변하는 과정' 등을 모두 포괄하여 스토리텔링이라고 보았다(『한국형 디지털 스토리텔링』, 살림, 2005, 9쪽). 한편 차봉희는 "소설문학적인 스토리텔링에서 스토리/이야기는 소설 텍스트의 이야기 줄거리를 가리키고, 스토리텔링/이야기하기는 서술 방식을 가리킨다"라고 하였다(차봉희 편저, 『디지로그 스토리텔링』, 문매미, 2007, 18쪽). 개념과 용어가 일정하지 않으나, 층위를 나누고 그것들을 비교하며 논의하는 방식은 여기서와 통한다.

10   Cesare Segre, *Structures and Time: Narration, Poetry, Models*, (trans.) John Meddemmen, The University of Chicago Press, 1979, p.9.

11   S. 리몬-케넌, 『소설의 현대 시학』, 최상규 옮김, 예림기획, 2003, 12~13쪽 참고.

이야기의 구조를 '스토리'와 '서술'의 두 층위로 나눌 수 있는 것은, 작자는 감상자의 반응을 일으키기 위해 스토리를 '낯설게' 서술하고, 감상자는 그 서술로부터 다시 스토리를 형성하는 순환적인 활동을, 크게 두 차원으로 구별하여 살필 수 있기 때문이다. 그것은 이야기를 '서술하는 것'(행위, 행위의 기법, 그 결과물 등)의 차원과, 이야기에 '서술된 것'(인물, 사건, 시간, 공간 등)의 차원으로, 전자가 서술 층위고 후자가 스토리 층위다. 이는 이야기의 구조와 관련 활동을 분석하기 위한 방법론적 개념일 뿐, 실제로는 하나로 결합되어 있다.

스토리는 주어와 동사의 연쇄다. 인물과 그가 한 행동의 요약 중심이기 때문인데, 그것이 내포된 이야기를 서술하는 스토리텔러의 스토리텔링 또한 어떤 상황에서의 의미 있는 행동이다. 그러므로 스토리텔링은 어떤 상황에서 상황의 변화를 모방한다. 그것의 핵심은 '상황'이다.

이야기 혹은 스토리텔링 관련 상황들을 간추리면 다음과 같다. 상황 안에 상황이 들어 있는 이들의 정체, 비중, 관계 등은 다시 갈래에 따라 달라진다.[12]

---

12   예를 들면 이야기 내부의 '서술하는 현재'는 허구적·표현적 이야기의 경우에는 '서술자의 서술 상황'의 시간이지만, 비허구적·정보적 이야기의 경우에는 '작자의 개인적 상황' 속 '작자의 서술 상황'의 시간이다.

이야기의 상황

— 외적(이야기 행위의) 상황 — 사회·역사적 상황

— (작자의) 개인적 상황

— 내적(이야기 내부의) 상황 — (작자, 서술자의) 서술 상황

— (인물, 사건의) 스토리 상황

스토리는 스토리텔링의 재료처럼 보이기 쉽다. 그런데 원론적으로 말하면, 실제 스토리텔링을 할 때 스토리가 먼저 정해진 후 그것을 가지고 서술이 이루어진다고 하기 어렵다. 뒤에 다시 살피겠지만, 대체로 스토리는 창작 전에 이미 마련되어 있는 것이라기보다, 물론 대강의 윤곽을 미리 그려놓기도 하나, 스토리텔링 과정에서 작자가 여러 요소를 결합하여 점차 그려내어 '형성'해가는 것이다. 이야기 능력은 그렇게 "서사적 문제의식을 통해 경험(삶)을 줄거리로 구성해내는 능력"[13]이다. 따라서 스토리텔링은 경험과 정보를 사건의 인과적 연쇄에 통합하여 인식하고 표현하는 활동 즉 스토리 형성 활동이요, 스토리는 그 결과라고 바꾸어 말할 수 있다.

다시 작품을 감상하는 측면에서 살펴보자. 이야기에 '낯설게' 그려진 형상들 자체는 구체적인 형상을 지닌 존재이거나 이미지이지, 추상적 스토리가 아니다. 스토리는, 그것을 감상자가 서술물(작품, 텍스트, 콘텐츠)의 앞과 뒤, 부분과 전체 등을 오가며

---

13   임경순, 『서사표현교육론 연구』, 역락, 2003, 30쪽.

요소들을 인과관계와 자신의 관점에 따라 해석하여 '낯익게,' 즉 자연적 질서로 되돌려야 비로소 인식되고 설정되는 것이다. 같은 이야기를 감상하고도 스토리 설정이 사람마다 다를 수 있는 것은 그 때문이다. 따라서 이야기의 감상 측면에서도 스토리는 '형성' 되는 것이라 할 수 있다.

이렇게 볼 때 스토리는 이야기의 핵심적 내용에 해당하며, 작품의 서술에 '의해' 존재하는 것이지만, 궁극적으로는 감상자의 내면 어딘가에서 형성되고 존재한다. 혹은 인물과 사건이 존재하는 구체적 차원과, 그것을 통해 표현·전달되는 추상적 의미(주제, 메시지) 차원 사이의 공간에, 시공성時空性을 유지한 채 존재한다고도 할 수 있을 것이다.

이 '스토리 공간'에 들어올 자격을 지니고 있는 텍스트는 모두 이야기다. 이 공간에서 매체나 서술 형식의 차이는 부차적인 것이다. 한 텍스트가 다른 텍스트로 '멀티유스'되는 것은 이 공간을 통해서다. '영웅의 일생' '탐색 이야기quest story'와 같은 원형적·유형적 스토리는 이 공간의 상위 혹은 중심에 놓여 있다고 할 수 있다. 작자는 이 공간에서 어떤 스토리를 가져다 전용하고, 갈래와 매체의 특성을 활용하여 개별 작품을 다시 '서술'해낼 수 있다.

전자매체와 통신 기술의 발달은, 화자와 청자가 한자리에서 마주 보던 구술 시대의 스토리텔링 상황을 다시금, 자리가 시공의 제약이 거의 없는 가상공간이기에 전보다 훨씬 다양하고 강력하게 조성하였다. 또 언어는 물론 갖가지 매체들을 복합적으로 활용하여 쌍방향으로 이야기를 서술·저장·전달할 수 있게 했다. 이 상황에서 스토리(의 공간, 층위)는 "담화의 초월적 기원"으로서 "생산의 전초기지"[14] 혹은 창고가 된다. 그리고 각색가, 캐릭터 디자이너 같은 제작 과정의 작자들과 관련 상품의 기획자, 생산자 등도 창작의 주체로 참여하게 되고, 역할수행게임RPG의 경우처럼 시나리오 작자, 제작자, 사용자user 등 사이의 구별 자체도 애매해진다. 여러 주체가 여러 방식으로 참여하여 이야기를 창작하고 활용하게 된 이러한 환경에서 자주 사용하게 된 말이 바로 스토리텔링이다.

14　송효섭, 「스토리텔링의 서사학」, 『시학과 언어학』 제18호, 시학과언어학회, 2010, 177~178쪽.

2

이야기의 갈래

이야기는 이론적으로 나눈 양식 개념이므로 매체와 형식을 초월한다. 이야기는 그것들과 관계없이, 이론이 바뀌지 않는 한 영원히 존재한다.

하지만 역사적 시공 속에서 부침한 이야기의 실제 형식과 갈래는 매우 다양하다. 특유의 미적 관습과 형식적 규범성[15]을 지닌 역사적 장르들이 헤아리기 어려울 정도로 많은 것이다. 매체혁명으로 인해 근래에는 양상을 더욱 분류하기 어려워졌지만, 같은

---

15 '형식적 규범성'이란 규범적 형식 혹은 관습적 스타일이 존재하는 정도를 가리킨다. 가령 범죄소설, 서부영화, 전기 등에는 특유의 스토리와 문체가 있는데, 그 갈래는 대개 이들을 가지고 나눈 것이다. 앞에서 수필처럼 형식적 규범성이 강하지(고정적이지) 않은 것은, 그래서 거꾸로 어떤 형식이든 취할 수 있다고 한 바 있다.

이야기이면서 서로 다른 이것들을 체계적으로 다루기 위해서는 어느 정도 갈래를 나눌 필요가 있다.

무엇을, 어떤 목적으로 그려내느냐에 따라 이야기는 달라진다. 따라서 이야기 행위의 목적과 모방의 대상을 고려하여, 하나의 좌표축을 설정할 수 있다.

위에서 '정보적'과 '표현적'은 각각 이야기 행위의 목적이 '외면적 정보의 전달 중심적' '내면적 진실의 표현 중심적'이란 말을 줄인 것이다. 전자가 실용적·객관적인 것을 추구한다면, 후자는 예술적·주관적인 것을 추구한다. 그래서 이야기 텍스트의 서술이 전자는 의미를 지시적·직접적으로 제시한다면, 후자는 형상적[16]·간접적으로 제시한다. 전자가 인식적·효용적 가치를 지향한다면, 후자는 정서적·미적 가치를 지향한다.[17] 한편 '사회'와 '개인'은 이야기의 대상 혹은 제재의 범주를 크게 집단(공동체) 중심적인 것과 그 구성단위로서의 개체 중심적인 것으로 구별한 것이다.

네 영역의 대표적 갈래를 하나씩 예로 들어보면, 역사(A), 자서전(B), 심리소설(C), 사회극(D) 등이다. 하지만 이것은 하위 갈래를 나누어 넣는 칸이라기보다 특정 갈래나 작품의 특성을 기술하는 데 사용하는 좌표축이다. 그러므로 A~D 영역별로 금방 예로 든 것 같은 특정 갈래나 개별 작품 등도 다시 이 축에 대입하여, 각자의 특성을 기술하며 비교하거나 종류를 더 세분할 수 있다.[18]

---

16 이야기는 인물, 사건, 공간 등 형상(모습)을 지닌 것들로 이루어져 있다. 여기서 '형상적'이란 그 형상이 대상을 모방만 하지 않고 하나의 시니피앙으로서 기능한다는 것, 비유적·상징적 시니피에를 지닌 제2차적 기호로서 기능한다는 것을 뜻한다. 이른바 문학의 '형상성'을 지적할 때의 그것과 통하는데, 여기서는 그 특성을 문학적인 이야기만 지녔다고 여기지 않는다.

17 이야기가 지향하는 가치들에 대하여는 최시한, 『스토리텔링, 어떻게 할 것인가』, 227~240쪽 참고.

18 이 좌표에는 허구적/경험적(비허구적)이라는 변별 특성이 반영되어 있지 않다. 그것이 (좁은 의미의) 문학과 비문학을 가르는 특성으로 굳어져 있어서, 그것들을 싸잡아 다루는 데 장애가 되기 때문이다. 하지만 필요한 경우에는 그것도 구별과 비교를 위해 거론할 것이다. 그때 변별 특성은 수가 늘어나고, 본문에서 정보적/표현적의 차이를 기술하는 데 쓴 여러 특성들이 보조적 역할을 하게 될 수 있다. 되도록 간명히 제시하기 위해 평면 도형처럼 그렸지만, 이 연구에서는 각 갈래나 텍스트의 특성을 평면적으로 분할하기보다, 되도록 이 여러 특질을 가지고 입체적으로 기술하고자 한다.

앞의 축에서 정보적/표현적의 기준을 가져와, 각각이 지배적인 '일부' 역사적 장르들을 배치하여 대강을 조망해본다.

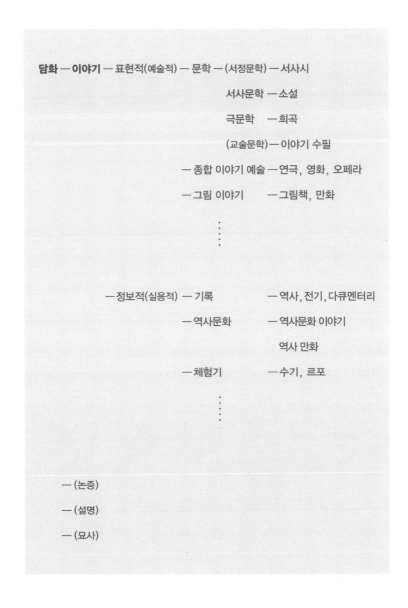

3

이야기의
교육적 가치

권선징악의 구조를 지닌 이야기는 실제 삶과 거리가 있다. 현실이 꼭 그렇지는 않아서다. 그러나 감상하는 사람은 그 점을 별로 문제 삼지 않는데, 감상 과정에서 현실에 대해 무엇을 알거나 확인하고 또 자기의 감정과 소망을 충족했기 때문이다. 이렇듯 이야기를 감상하는 과정에서는 정보의 전달, 꿈과 욕망의 상상적 성취, 공감을 통한 소통 등이 이루어진다. 인간의 삶에서 이렇게 인식적·효용적·정서적 기능[19]을 하기에, 인간을 가리켜 '이야기하는 존재Homo-narrans'라고 일컫기도 한다.

'이솝 우화' '우주 창조 신화' 따위는 이야기의 원초적이면서

---

[19]   이야기의 세 가지 기능에 대하여는 최시한, 『스토리텔링, 어떻게 할 것인가』, 68~69쪽을 참조하시오.

도 본질적인 면을 보여준다. 그것들은 단순한 심심풀이나 도덕 교재가 아니다. 인간은 현실에 존재하는 사물이나 현상을 '그래서 그랬다/그래야 한다'고 엮어 의미를 부여함으로써 이해하고 극복해가는데, 이 활동의 양식이 이야기다. 이는 개인의 '경험에 형태를 부여'할 뿐 아니라 사회적 행위의 "규범을 강화하고 확산시키며, 우리에게 인상적이고 공유된 협력의 모델을 제공"[20]하기도 한다.

이러한 사실을 이야기의 창작 행위 중심으로 다시 진술해보면, 스토리텔링은 "사건의 서술을 통해 삶을 인식하고 표현함으로써 의미를 형성하고 소통하는 활동"[21]이다. 인간은 체험과 지식을 보존하고 전하려는 역사적·모방적 충동에 끌려, 또 꿈과 진실을 담아 즐기고 감동시키려는 낭만적·교훈적 충동에 끌려 이야기를 한다.[22] 그런 충동에 따라 사물의 의미를 밝히고 생성함으로써 삶을 의미 있고 풍부하게 영위하고자 힘쓰는 활동이 스토리텔링인 것이다. "삶의 서사를 통해 우리는 존재의 이유를 만난다."[23] 이야기 활동의 본질적 특성과 가치가 바로 여기에 있다.

이상의 논의를 바탕으로 이야기의 교육적 가치를 창작 활동에 중점을 두어 살펴본다.

---

20 브라이언 보이드, 『이야기의 기원』, 남경태 옮김, 휴머니스트, 2013, 100쪽.
21 최시한, 『스토리텔링, 어떻게 할 것인가』, 72쪽.
22 로버트 숄즈 외 2인, 『서사문학의 본질』, 임병권 옮김, 예림기획, 2007, 38~39쪽 참고.
23 김찬호, 『눌변』, 문학과지성사, 2016, 67쪽.

첫째, 이야기 능력을 기를 수 있다.

이야기는 인간의 주요 담화 양식이므로 문화 활동의 핵심을 이룬다. 사람은 누구나 이야기를 좋아하고 또 하며 살아가고 있다. 그것은 삶과 별개의 무엇이 아니라 그 자체이기에, "인간은 누구나 스토리텔러요 자기 인생 스토리의 주인공이다."[24]

이야기를 창작하고 수용하는 능력은 누구나 타고나는 보편적 정신 능력으로 간주되며, 보다 나은 삶을 영위하려면 반드시 발전시켜야 하는 것이다. 누구든지 이야기에 쉽고 재미있게 접근하기에 이야기를 활용하면 정보와 이미지를 잘 기억시킬 수 있으며, 어떤 교육에서든 이야기를 활용하면 효과를 보는 것은 그 때문이다. 사물을 이해하고 창조하며, 그 세계 속에서 타인과 더불어 살아가는 데 필요한 능력을 기르는 것이 교육이라고 볼 때, 이야기 능력을 매우 중시해야 하는 까닭이 여기에 있다.

이야기는 문화권이나 학문 영역에 따라 다양한 형태를 띠고 있으며, 특히 표현적(예술적) 갈래에서 인물, 플롯, 스타일 등의 관습이 섬세하게 발전되어왔다. 이야기를 창작하고 수용하는 활동은 그런 형태와 관습의 영향 아래 이루어지는데, 그것을 익혀야 인간적 소통과 성숙의 수준을 높일 수 있게 된다. 삶은 이야기 능력의 향상을 요구하고, 그 수준이 높아질수록 문화적 수준 또한 높아진다.

아울러 오늘날은 다중매체의 시대, 문화산업의 시대여서, 이야기 능력이 직업적·산업적 중요성까지 지닌다. 그러므로 이른

---

24   최시한, 『스토리텔링, 어떻게 할 것인가』, 73쪽.

바 미디어 리터러시 교육 혹은 매체 언어교육, 취업 지도 등에서 그 중요성이 커지고 있다.

둘째, 합리적이고 창의적인 상상력을 기를 수 있다.

이야기를 서술하는 행위는, 여러 요소를 엮어 구성하고 형상화하여 인과성 있는 스토리를 감상자의 내면에 형성하는 활동이다. 필립 모리츠의 유명한 명제, "작품이 세계(자연)를 모방하는 게 아니라 예술가가 그것을 모방한다"[25]를 본떠 말해보면, '이야기가 스토리를 서술하는 게 아니라 스토리텔러가 서술을 하여 이야기의 스토리를 형성한다.' 아무리 사실적인 이야기라 하더라도, 이야기는 현실의 단순한 재현이 아니다. 그것은 스토리텔러가 어떤 태도와 문제의식을 지니고, 어떤 색깔과 의미를 띠도록 요소들을 변용하여 나름의 구조와 질서를 부여한 것으로서, 인간의 경험과 정서를 전달하고 표현하는 특유의 논리와 형태를 띠고 있다. 따라서 그것이 감상자의 내면에 형성하는 '스토리 세계'는 그 바깥 세계를 닮았지만 그와 다르고, 현실의 논리를 바탕으로 하지만 나름의 고유한 논리를 지니고 있다. 다시 말하면, 인과성 있고 진실된('올바른'이 아니다) 이야기는 의미를 '전하는' 한편 '생성한다.' 의미는 사물 자체에 본래 내포되어 있다기보다 담화 행위를 통해 형성되는데, 그 기본 양식의 하나가 바로 이야기다. 스토리텔링은 집을 짓듯이 인물, 행동, 공간 같은 요소들을

---

25 김현, 『현대비평의 양상』, 김현문학전집 제11권, 문학과지성사, 1991, 253쪽에서 재인용.

결합하여 새롭고 독립된 '스토리 세계'를 만드는 창조적 구성 행위요, 그 세계를 지배하는 인과적 의미 맥락 혹은 '이야기 논리'를 창출하여 감상자가 그럴듯하게(사실성 있게) 받아들이도록 하는 행위인 것이다. 따라서 어떤 실제 사실이나 자료를 바탕으로 서술한다 하더라도 작자는 그 이면의 것 — 인물의 감정, 사건의 배경 맥락, 환경의 영향 관계 등 — 을 해석하고 그것에 인과성을 부여하여 나름대로 상상해내게 된다. 그 결과, 두 사람이 같이 경험한 사건이나 감상한 이야기의 스토리도 각기 그 서술이 달라질 수 있다. 가장 객관성을 추구하는 이야기인 역사 서술도 마찬가지다. 가령, 조선 시대 세조 임금은 본래 어떻게 존재했다기보다 그에 관한 사실적 스토리(history)를 서술하는 스토리텔러(역사가)에 의해 어떤 모습으로 존재하게 된다. 이것이 역사가마다 세조의 욕망, 그가 관여한 특정 사건의 의미와 양상 등이 같지 않은 이유요, 하나의 사물에 대한 '객관적 진리'라는 것과 함께 다른 여러 '진실' 또한 존재하는 이유다.

인간의 거의 모든 내적 능력이 이 이야기 행위와 긴밀한 관계에 있는데, 그 가운데 특히 중요한 것이 표현력, 사고력, 상상력 등이다. 그리고 다시 거기서 가장 지배적 혹은 중심적 기능을 하는 것이 바로 상상력이다. 상상력은 이성과 감성이 모두 관련된, 그들 위에 존재하는 통합적 능력이다. 그것은 단지 대상을 재현하는 데 그치지 않고 서로 다른 것을 "연결하고 구성하여 새로운 것을 만들어내며, 그로써 기존의 것을 쇄신하고 초월하는 정신적 힘이다."[26] 상상력이 이야기를 위해서만 존재하는 것은 아니지만, 이야기 행위는 이 상상력을 절대적으로 필요로 한다. 상상력이 없다면 창작자나 감상자 모두 사건의 자초지종과 인물의 내면을 그려내고 연결하여 스토리를 형성하기 어려울 터이기 때문이다. 이렇게 볼 때, 사물의 의미를 발견하고 창조하는 능력 곧 창의적 상상력을 교육하기에 매우 적합한 담화 양식이 바로 이야기다.

셋째, 인간다운 정서와 공감 능력을 기를 수 있다.

이야기는 창의적 상상력 교육과 함께, 공감이라는 인간의 기본적 정신 능력 혹은 품성의 교육에도 높은 가치를 지니고 있다. 이야기와 공감의 관계는, 사기꾼의 거짓 이야기에도 '상상력'이 작동하고 있음을 염두에 둘 때, 이야기 교육 자체의 목적 실현을 위해서도 반드시 고려할 사항이다. '복수復讐 이야기'는 분명 우리의 감感을 동動시키지만, 그것만 가지고 복수보다 화해와 용서가 더 가치 있음을 깨닫게 하기는 어렵다. 단순한 복수담이나 감정의 격동을 넘어서는, 인간적이고 가치 있는 것에 대한 공감 능력이 요구되는 것이다.

맹자는 인간이 타고난 본성[人性]을 말하면서 사람의 네 가지 마음 중 하나로 측은지심惻隱之心을 들었다. 아울러 그 '타인의 불행을 불쌍히 여기는 마음'이 인간이 지녀야 할 네 가지 덕목 가운데 하나인 인仁의 바탕이 된다고 했다.[27] 누구나 타고난 그 마음

---

26   최시한, 『스토리텔링, 어떻게 할 것인가』, 144쪽.

27   無惻隱之心 非人也 無羞惡之心 非人也 無辭讓之心 非人也 無是非之心 非人也. 惻隱之心 仁之端也 羞惡之心 義之端也 辭讓之心 禮之端也 是非之心 智之端也. ―『孟子』, 公孫丑篇.

을 살리고 발전시키면, 인간과 사회를 위한 큰 덕의 하나가 갖추어질 수 있다고 본 것이다. 이 측은지심과 가까운 현대의 개념이 '공감'이다.[28]

한편 제러미 리프킨은 "인간의 능력 가운데 가장 으뜸가는 것이면서도 소홀히 다루어졌던 공감 능력은 사실 모든 인간에게서 볼 수 있는 보편적 조건"[29]이라고 하면서, 그에 관한 교육계의 움직임을 다음과 같이 요약했다.

> 교육자들은 '정서적 지능emotional intelligence'이라는 새로운 분야에서 공감적 조율empathic attunement이라는 카드를 뽑아 들었다. 공감의 확장과 참여는 하나의 중요한 징표로서, 그런 징표에 의해 아이들의 심리적 발달 상태를 판단할 수 있다는 것이 이들의 주장이다. 세계적으로도 학교는 지식 획득과 취업에 필요한 전통적 커리큘럼 이외에 공감 능력을 강조하는 교육과정을 개발해왔다.[30]

이러한 진술들을 종합하면, 첫째 공감은 인간의 타고난 본성이다. 인간은 본래 악하거나 이기적인 존재가 아니라 자기를 벗어나 타자를 자기처럼 여기는 선한 바탕을 타고난 존재다. 둘째, 공감은 자아와 타자의 분리를 전제로 타자의 감정을 자기 것처럼

---

28 이영재, 「현대 공감이론을 통한 공맹철학의 재조명」, 『정신문화연구』 제35권 제2호, 한국학중앙연구원, 2012, 427쪽 참고.
29 제러미 리프킨, 『공감의 시대』, 이경남 옮김, 민음사, 2010, 18쪽.
30 같은 책, 23~24쪽.

느끼고 이해하며, 나아가 타자를 배려하고 그에 반응함으로써 인간적 소통을 하는 내면 활동이자 능력이다. 인류의 진화는 그것이 동정이나 연민을 넘어, 성숙한 인간이 지닌 가치 있는 품성으로 발전해왔음을 보여준다. 따라서 셋째, 공감은 인간적 능력과 품성의 교육, 특히 공동체가 요구하는 시민의 자질을 기르는 데 매우 중요하다. 그것은 교육의 주요 대상으로 삼아야 할 가치가 있으며, 타자를 이해하고 관용하며 서로 소통하는 수준에 따라 인간됨과 성숙도를 평가할 수 있다.[31]

이 공감 능력을 기르는 데 이야기가 적합한 이유를 감상하는 측면에서 살피면 이렇다. 설명 양식의 담화가 직접 듣거나 읽고 이해하는 것이라면, 이야기 양식은 그보다 먼저 감상자 스스로 스토리 세계를 상상하여 그려내고 그에 반응하는 내면 활동을 해야 한다. 「개미와 베짱이」처럼 단순한 이야기마저도, '어떻게 살아야 하는가'에 관한 갈등과 '가치의 경계'를 다룸으로써 무엇이 진실인가를 스스로 해석하고 판단하도록 감상자의 내면 활동을 일으킨다. 영화같이 구체적으로 '보여주는' 영상매체의 경우에도 마찬가지다. 스크린에 구현되는 소리, 빛, 영상 등을 통해 관객이 지금 무슨 일이 왜 일어나고 있는가를 나름대로 느끼고 판단하는 내면 활동, 즉 스토리를 형성하는 활동이 요구된다.

그런데 가령 이문열의 소설 「우리들의 일그러진 영웅」을 읽

---

31 공자는 "군자는 화이부동和而不同한다"(조화를 이루되 파당을 지어 부화뇌동하지 않는다)라고 했는데, 여기에는 의義와 같은 공동선을 바탕으로 조화를 이루는 공감 능력이 이상적 인간의 요건이라는 뜻이 전제되어 있다고 본다(君子和而不同, 小人同而不和 ─『論語』, 子路篇).

고 불량배 엄석대의 행동을 '멋있게(만)' 보고 그의 몰락을 '불쌍하게(만)' 여기면서 줄거리를 설정하고 해석을 한다면, 그 학생은 적절하고 옳게 상상을 했다고 볼 수 없다. 작품 속 서술자마저 거듭 부정한 엄석대의 "불의不義"를 긍정하는 셈이기에 '적절한 상상'이 아님은 물론, 학생 스스로 스토리를 형성하면서 수행한 내적 경험이 한국 사회의 공동선에 비추어 '옳은 상상'을 내포하고 있다고 볼 수 없기 때문이다. 학생의 반응은 소중하지만, 그것이 모두 적절하거나 합리적이며 교육적으로 바람직한 것은 아니다. 이야기를 감상하는 교육은 무엇보다 그러한 반응이나 스토리 형성 행위를 적절하고 바람직하게 하도록 내적 능력과 가치 의식을 기르는 것이어야 한다. 그런 간접경험을 통해 '연습'을 함으로써 공동체의 가치를 내면화하고 실천하는 민주 시민의 자질을 기르는 게 중등학교 과정 (문학)교육의 궁극적 목적 가운데 하나다.

　이렇게 볼 때 서술을 바탕으로 스토리를 떠올리고 형성하는 활동을 하기 위해 필요한 정신 능력은, 앞서 언급한 상상력만으로 충분하지 않다. 거기에는 그럴듯함(사실성)과 옳고 그름, 즉 논리적 타당성과 가치판단의 문제가 개재된다. 올바른 것에 감동하는 정서적 능력, 혹은 보편적 가치를 지닌 것에 공감하는 의식이 더 요구되는 것이다

　이러한 논의를 스토리텔링의 측면에서 다시 정리해보자. 건조한 정보나 자료 형태의 사물을 이야기라는 하나의 생생하고 완결된 '상황의 변화'로 서술하는 활동은, 보편적 혹은 집단적 정서와 가치관에 따라 '그럴듯하게' 인과관계를 설정하고 표현함으로써 상대방을 공감시키고 설득하는 문화적 행위다. 사건의 자초지

종, 특히 대립이 형성, 전개, 해결되는 과정을 합리적으로 구성하고 설정하는 과정에서, 예컨대 좋고 나쁜 것을 좋고 나쁘게 그려내고 또 인식하는 활동 과정에서, 작자는 무엇이 옳고 가치 있는가를 상식과 진실에 입각하여 느끼고 판단하게 된다. 아울러 그러한 과정을 통해 공동체 구성원으로서의 보편적 가치를 인식함으로써 자신을 사회화하고 주체를 갱신하는, 인간의 삶에 매우 중요한 그 태도와 능력을 조정하고 기를 수 있다. 한마디로 사고력과 함께 가치 의식을 포함한 사상적·정서적 힘을 육성할 수 있다. 이야기를 가지고 교화나 치료(이야기 치료)가 가능한 것은 이 때문이다.

요컨대 인간의 삶을 모방하는 이야기는 그것을 창작하고 수용하는 과정에서 인간적 정서와 가치 의식, 공감 능력 등을 적절하고 바람직한 쪽으로 기르고 본받도록 하는 데 적합하다. 특히 공감 능력은 '양심'과 같이 인간이 본래 지닌 것이기에, 그 과정에서 자연스럽게 발현되며 교육을 통해 조정·확대·발전시킬 수 있다.[32]

이상으로 이야기의 교육적 가치를 살펴보았다. 이야기 능력, 합리적이고 창의적인 상상력, 인간다운 정서와 공감 능력 등을 종합적으로 기르는 데는 이야기의 감상도 효과적이지만 창작 곧 스토리텔링이 더 직접적이고 본격적인 중요성을 지닌다. 그것은

---

32   박치범은 문학작품 읽기가 공감 활동과 매우 유사함을 지적한 바 있는데 (「문학교육에서의 공감에 관한 연구」, 고려대대학원 박사학위논문, 2015, 138쪽), 문학 가운데 특히 이야기문학이 그렇다고 본다.

삶을 모방하여 사물을 스스로 재창조하는 경험, 공동체의 일원으로서 영위하는 창조적인 삶 자체이기 때문이다.

　이야기의 가치가 이렇게 근본적이고 다양하기에 그것은 교육에 새로이 도입한다기보다 재발견해야 하는 것이요, 시대의 흐름에 맞추어 교육을 혁신하는 데 적극 활용해야 하는 것이다.

4

스토리텔링 교육의
기본 성격

이야기의 특성과 그 교육적 가치를 중심으로 한 이제까지의 논의를 볼 때, 오늘의 스토리텔링 교육은 언어만 매체로 삼으며 허구성과 예술성을 강조하는 전통적인 문학 창작교육을 포함하되 그보다 훨씬 범위가 넓고 갈래가 다양해야 한다. 그것은 하나의 과목도 아니고 특정 과목에만 해당되지도 않는, 모든 교육적 담화에 존재하고 또 활용되는 공통적·융합적인 것이다.

스토리텔링을 가르치거나 활용하는 교육의 기본 성격을 정리하면 다음과 같다.[33]

첫째, 넓은 의미의 '짓기'[34] 혹은 창작 교육이다.

갖가지 정보, 행동, 사물 등을 융합하여 이야기를 서술하고

---

[33]　이는 제1장 4절에서 제시한 스토리텔링 교육의 방향을 구체화한 것이다.

그것이 일관된 스토리를 형성하도록 하는 활동은, 인간의 정신 능력을 총동원하는, 매우 종합적이고도 중요한 창조 활동이다. 그러므로 스토리텔링은 언어를 비롯한 각종 매체를 사용하여 창의력을 기르는 대표적 교육 활동이 된다.

둘째, 사물을 이야기 양식으로 인식하고 표현하는 능력을 기르기 위한 것이다.

이야기는 사물에 관한 정보와 그 의미를 특정 인물과 시공의 '상황' 속에서 인식하고, 또 그것의 발전과 전개를 통해 표현하는 양식이다. 그것은 삶을 재현하는 동시에 창조적 방식으로 경험과 지식을 재구성한다. 앞서 언급했듯이, 오늘의 인지과학은 사람의 두뇌가 정보를 주로 이야기 양식으로 처리한다는 것을 밝혀내고 있다.

셋째, 교육의 내용과 방법이 내용과 형식, 지식과 능력, 정보적 갈래와 표현적 갈래 등을 아우르는 통합적인 것이어야 한다.

스토리텔링은 '어떻게'(기법)의 문제만이 아니라 '무엇'(사실, 내용)의 문제이며, 삶 자체의 복합적 양상을 모방 혹은 재현하는 행위다. 그러므로 스토리텔링 교육은 학문 위주인 기존 교육 체제와 교육과정을 '창조적 융합'이 가능하도록 활동 중심으로 개편해야 바람직하게 이루어질 수 있다. 바꿔 말하면, 스토리텔링 교육은 스토리텔링을 각종 지식과 교과에 두루 활용함으로써 결과적으로 그것들이 삶 자체를 위해, 삶 속에서 통합되게 만

---

34 글말 중심의 교육 용어로는 '쓰기'인데 '집짓기' '옷 짓기' 등의 말에서 알 수 있듯이, 본래 '짓기'는 부분들을 결합하여 하나의 전체를 이룩하는 창작 행위 전반을 가리키는 말이다.

들 때 더 효과를 얻을 수 있다. 스토리텔링이 교과 통합 수업의 중요한 방법 혹은 모델이 될 수 있는 이유가 여기에 있다.

넷째, 매체나 형태를 가리지 않고 이야기의 갈래 전체를 대상으로 삼되, 정보적이고 경험적(비허구적)인 이야기를 중요시할 필요가 있다.

문학 중심주의가 스토리텔링 교육 또한 표현적이고 허구적인 이야기 중심으로 흐르게 하지만, 그것의 창작은 객관적 사실이나 현실의 구속을 적게 받기에 사물 자체에 대한 합리적 사고력과 상상력을 기르는 교육 대상으로 삼기에는 상대적으로 덜 적합하다. '문예 창작'으로 기울어지면 각 교과 고유의 지식과 사고를 신장하는 데 활용하기 어려워진다는 문제점도 안고 있다.[35]

물론 교육 전반에서의 비중이 그렇다는 말이지, 표현적 갈래가 스토리텔링 교육에서 필요성이 적다는 말은 아니다. 교육 단계 측면에서 볼 때, 스토리텔링은 이제껏 해온 각종 이야기 '글쓰기'의 내용과 방법을 응용하게 된다. 하지만 단순하고 기초적인 단계를 지나면 매체와 형식에 따른 갈래별 교육이 이루어져야 하는데, 이때 표현적이고 허구적인 이야기의 '감상'이 도움이 된다. 매체를 복합적으로 사용하며 예술성을 추구하는 연극, 영화, 오페라 등과 같은 종합 이야기 예술의 감상을 통해 감수성과 시청각적 언어 능력을 기른 뒤, 그보다 구조가 단순한 이야기 창작에 활용하는 것이다.

다섯째, 스토리 층위 교육과 서술 층위 교육으로 구분하고

35　이에 관한 더 구체적인 논의는 뒤의 제5장 1절을 참조하시오.

단계화할 수 있다.

스토리텔링 교육의 단계를 설계하기 위해서는 앞서 언급한 이야기의 기본적 특성, 즉 이야기는 서술을 통해 스토리를 형성하므로, 그 교육을 크게 스토리 층위 중심의 것과 서술 층위 중심의 것으로 나눌 수 있다는 사실을 바탕 삼아야 한다. 전자가 내용과 가치를 다루고 언어 중심적이라면, 후자는 형식과 기법을 다루며 다양한 매체가 복합적으로 활용된다. 또 전자가 제재와 사상 혹은 이념 영역의 교육이라면, 후자는 형식과 매체의 특성, 서술 기법 등은 물론 경우에 따라 여러 매체의 기자재 사용법까지 대상으로 삼는 과정이다.

앞의 넷째와 다섯째는 이 책에서 집중하여 다루므로, 다음 장들로 논의가 이어진다.

제4장

중심사건과 '처음상황'의 설정 교육

1

스토리텔링 교육의 단계

기존의 이야기 창작 방법론은 문학 창작 중심이며 구성 요소와 기법 중심으로 짜인 경향이 있다. 가령 소설 창작의 경우, 사건, 인물, 플롯, 초점화 등으로 요소를 나누고, 그것들을 한 층위에 놓고 관련 기법을 다룬다. 이러한 접근법은 소설 이론을 소설 창작론에 거의 그대로 옮겨놓은 것으로, 창작 행위의 종합적 성격에 비추어볼 때 너무 분석적이며 평면적이다. 그리고 매체가 복합적으로 사용되고 이야기의 범위가 넓어지며 그 갈래들이 융합되는 디지털 환경, 그래서 특정 갈래의 기법 이전에 근본적인 이야기 능력이 중시되는 현실의 변화와 맞지 않은 면이 있다.

앞 장에서 스토리텔링 교육은 이야기의 스토리 층위 교육과 서술 층위 교육으로 구분하고 단계화할 수 있다고 했다. 이미 다루었듯이, 이야기를 두 층위로 나누어 살필 때 스토리 층위는 인물, 사건, 배경 등이 존재하는 내용적 요소의 차원이다. 그리고 서술 층위는 플롯, 초점화, 인물 그려내기characterization, 문체 등과 그 매체를 다루는 형식적·행위적 요소의 차원이다. 전자가 이야기의 '무엇' 측면이라면, 후자는 '어떻게'의 측면이라고 할 수 있다.

스토리텔링은 그리고 그것의 교육은 무엇부터, 어떻게 시작하는 것이 보다 합리적일까? 여기서는 앞의 두 층위 가운데 스토리 층위를 앞 단계 혹은 기초 단계에 놓아야 한다고 본다. 물론 이렇게 수직적·위계적으로 나누어 접근하는 것은 이야기의 특성을 고려해서이기도 하지만, 내용적인 것과 형식적인 것, 갈래 사이에 공통적인 것과 개별적인 것 등을 효과적으로 구별하며 체계화하여 프로그램을 짤 수 있기 때문이다.

사실 작품이나 콘텐츠는 하나의 완결된 유기체이며, 그 창작은 매우 복합적이다. 가령 '서술'만 하더라도, 다중매체 환경에서 그것은 언어와 함께 다양한 언어적 기호[1]를 매체로 활용한다. 따라서 언어로 '쓰기'도 하지만 그림, 소리, 몸짓 등을 사용하여 '만들기' '제작하기'도 하는 것이다. 따라서 넓게 보면 서술 층위에 관한 교육은 제작 과정의 연출, 디자인, 조명, 음악, 촬영, 편집 등까지를 내용에 넣어야 한다. 그게 여의치 않아 글로 쓰는 창작 중심으로 교육하는 경우라 하더라도, 그것들을 일정 부분 다루지 않을 수 없다. 예를 들어 영화 시나리오 작가가 촬영이나 편집의

---

1   (자연)언어가 아니면서 자체의 언어적 체계 혹은 문법을 지닌 것을 가리킨다. 회화에서의 모양과 색채, 연극이나 영화에서의 의상, 몸짓, 빛, 음악 등을 예로 들 수 있다. (자연)언어와 대조되는 '비언어적 표현'이다.

'언어'에 대해 모르면 좋은 대본을 창작해내기 어려우므로, 그 기법과 기술을 필요한 만큼 익히는 교육이 필요한 것이다.

따라서 스토리텔링 교육에서 단계를 설정하고 순서를 정하는 일은 단순하지 않다. 대부분의 창조 활동이 그렇듯이, 거기에는 선형적線形的 논리나 절차를 거부하는 면이 있다. 처음과 끝, 부분과 전체를 오가며 순환적으로 작업하기 때문이다. 하지만 스토리텔링 활동과 그 능력을 기르는 교육도 자체의 논리가 있고, 물리적 시간 안에서 어떤 절차와 단계에 따라 이루어질 수밖에 없다. 창작은 중간에 멈추고 처음부터 다시 시작할 수도 있지만, 교육은 논리적 단계와 절차의 설정이 필요하다.

여기서 스토리 층위 교육을 앞 단계에 놓아야 한다고 보는 까닭을 정리하면 다음과 같다.

첫째, 스토리가 모든 이야기에 공통된 것이기 때문이다. 서술 층위의 요소들은 매체, 갈래, 기법 등에 따라 달라지며 무한히 다양하기에 공통된 것을 먼저 다루어야 한다.

둘째, 스토리는 구체적 형상과 인과적 논리를 지니고 있으므로 다루기가 비교적 쉽기 때문이다. 그것은 서술의 매체나 장르의 차이를 넘어 존재하며 보다 기본적이고 단순하여 경험과 직접 '자연스럽게' 관련된다. 서술 층위의 형식적이고 행위적인 요소들은, 사실 감상자의 '마음의 눈'에는 보이지 않는, '보이지 않는 손'과 같은 요소들이다.

셋째, 스토리를 형성하는 행위가 스토리텔링의 핵심적 정신 활동이기 때문이다. 이야기에는 갖가지 경험과 앎이 인물과 사건에 결합되어 있는데, 작자는 시종 그것을 의식하면서 작업한다. 앞에서 살폈듯이, 이러한 일은 창작만이 아니라 수용과 감상 과 정에서도 비슷하게 일어난다. 감상자는 이야기를 수용하는 동안 이것이 무엇에 관한 이야기인가에 대한 관심, 다시 말해 이야기 의 '초점'[2]을 이루는 인물, 사건, 제재 등에 대한 관심을 놓지 않 는다. 따라서 일관되고 통일된 이야기를 짓기 위해서는, 비록 중 간에서 수정하여 다시 시작하더라도, 먼저 기본 스토리라인 혹은 사건의 뼈대를 설정할 필요가 있다.[3]

---

2 최시한, 『소설분석방법』, 일조각, 2015, 14쪽.
3 교육 단계에 관한 논의를 보충하기 위해, 이야기의 갈래별 차이를 고려하 여 아래와 같이 지도 순서를 궁리해볼 수 있다. 이를 다시 요소, 측면 등을 달리해가며 단계화하면, 더 세부적인 교육 내용과 방법 마련에 도움이 될 것이다.
　　그려진 세계의 모습이, 사실적인 것 → 환상적인 것,
　　그려진 세계의 특성이, 경험적(비허구적)인 것 → 허구적인 것,
　　개인적 체험 중심인 것 → 사회적 사건 중심인 것,
　　매체를 언어만 사용하는 것 → 여러 매체를 사용하는 것,
　　제재나 형식이, 기존의 것을 활용한 것 → 새로 지은 것.

2
중심사건과
그 '처음상황' 설정

이야기는 통일성과 논리적 완결성을 지녀야 한다. 각 이야기 특유의 논리 곧 '이야기 논리'의 통일성, 완결성은 주로 사건의 인과성과 사실성(그럴듯함)에 좌우된다. 아리스토텔레스가 『시학』에서 비극을 "한 행동의 모방"으로 보고, 거기서 "사건들의 조직 즉 플롯"[4]이 중요하다고 거듭 강조한 것은 그 때문이다.

하나의 이야기에는 여러 작은 사건들이 속해 있으며, 그것들이 연결되고 수렴되어 큰 사건을 이룬다. 전자를 하위 사건, 후자를 상위 사건이라고 부를 수 있는데, 전자가 서술의 표층에 존재하는 구체적 사건이라면 후자는 전자들이 요약·추상화되어 심층에 존재하는 추상적 사건이다. 그러므로 논리적으로, 물론 대하

---

4   이상섭, 『아리스토텔레스의 『시학』 연구』, 문학과지성사, 2002, 41쪽.

소설처럼 규모가 크고 긴 이야기에는 무리한 가정일 수 있지만, 심층의 사건은 결국 하나의 '중심사건'⁵에 수렴된다고 볼 수 있다. 이는 스토리 층위 최상위 사건에 해당한다.

사건이란 상황의 변화이며, 이 사건이 연쇄된 것이 스토리라고 했다. 이야기를 감상할 때, 감상자가 어떤 관점에서 형성하고 설정하는 스토리는, 거듭 추상화해가면 결국 하나의 지배적 혹은 '중심적 상황 변화'를 요약한 것 곧 중심사건으로 수렴된다. 그러므로 스토리는 중심사건 위주로 작품을 요약한 것, 혹은 중심사건을 내포한 사건의 연쇄라고 달리 말할 수 있다. 이처럼 대부분의 이야기는 아리스토텔레스가 말한 "한 행동," 즉 하나의 중심사건에 모든 요소가 수렴된다. 단편소설처럼 작은 규모의 이야기는 더욱 그러하다. 물론 이는 논리적 가정이고, 실제로 어떤 작품은 여러 관점 혹은 맥락에서 두 가닥 이상의 상황 변화 흐름이 존재하여 작품 전체가 그것들이 어우러진 교향악이 된다. 이때 중심적 사건의 줄기(메인 스토리라인)와 비교되는 것이 '부수 사건'의 줄기이다.

스토리텔링은 작고 모호한 아이디어, 이미지, 장면 등으로부터 시작될 수 있다. 이것이 어떤 의미상의 초점과 맥락을 지닌 스토리로 발전하는 과정에서 작자가 시종일관 관심을 가져야 하는 것이 중심사건이다. 그것이 확실하고 일관되며 뜻깊어야 인물, 하위의 세부 사건, 배경 등과 같은 여러 요소가 인과성 있고 일관

---

5   최시한, 『소설의 해석과 교육』, 112~115쪽; 『스토리텔링, 어떻게 할 것인가』, 271쪽.

되게 결합하여 일정한 길이와 논리를 지닌 스토리를 형성하도록 상상하고 지어낼 수 있기 때문이다. 그렇다면 중심사건은 하위 혹은 세부의 요소들과 순환 관계에 놓여 있다. 그것들이 중심사건을 형성하고 중심사건이 그것들을 만들어내는데, 이렇게 지배적인 것과 부수적인 것, 심층적인 것과 표층적인 것이 순환적으로 형성, 발전되어간다.

여기서는 스토리 층위 교육의 구체적인 내용과 방법을 마련하기 위해 중심사건 개념을 도입하고, 다시 그것의 '처음상황'을 설정하기로 한다. 여기서 강조할 점은 중심사건, 처음상황 등이 스토리 층위의 개념이라는 점이다. 거기서 '중심'과 '처음'은 서술상의 것이 아니라 스토리상의 것이다.

방법에 관한 논의는 현장 중심의 연구가 뒷받침되지 않으면 공허해지기 쉬우므로, 어디까지나 논리 중심의, 시험적인 것임을 전제한다. 그리고 갈등의 극적 전개와 완결을 지향하는 허구적 이야기를 주요 대상으로 삼되, 굳이 특정 장르를 염두에 두지 않는다. 예는 논의가 추상에 빠지지 않기 위해 들되, 널리 알려진 작은 규모의 작품으로 한다.

황순원의 단편소설 「소나기」를 보자. 중심사건 또는 그에 내포된 상황의 변화는 기본적으로 '처음상황—끝상황'으로 기술할 수 있다.[6] 「소나기」의 스토리 형성 과정을, 서술에 명시된 것과 내

---

6   이야기의 기본 문법, 혹은 심층의 서사 구조를 연구해온 학자들은 몇 개의 기능소 혹은 최소 단위로 이야기의 기본 모델을 기술해왔다. 여기서는 상황 변화에 초점을 둔 그레마스의 이론을 주로 참고하되 나름대로 두 개 화

포된 것을 종합하여 기술하면 다음과 같다.

처음상황	→	끝상황
소년과 소녀가 만난다	→	헤어진다

　이러한 기술은 핵심적 변화를 나타내주는 장점이 있다. 그런데 여기에는 변화의 원인과 과정, 즉 그 변화의 구체적 양상과 인과관계가 반영되어 있지 않다. 스토리텔링 작업 측면에서 볼 때, 너무 표층적이고 일반적이라 이 작품 특유의 사건, 또 그에 내포된 의미나 인간적 관심이 표현되지 않아서, 구체적으로 인물, 하위 사건, 배경 등을 설정하고 발전시킬 초점과 방향을 잡기 어렵다. 구체화되고 다른 요소들과 융합되어가면서 전체 스토리를 생성해갈 가능성이 빈약한 것이다.

　이 점을 극복하기 위해서는 앞의 '처음상황'에 갈등 혹은 모순을 도입할 필요가 있다. 극적 완결 구조를 지향하는 이야기에는 반드시 갈등—처음상황을 끝상황으로 변하게 만드는 이유, 그 전개의 동력에 해당하는 둘 이상의 대립하는 힘 혹은 모순적

소의 결합체로 설정한다. 김정희도 이런 모델을 스토리텔링 논의에 활용한 바 있는데, 그 결과 제시하는 지도 방법은 여기서와 다르다(『스토리텔링 이론과 실제』, 인간사랑, 2010, 40쪽 참고). 한편 이야기의 구조 분석 이론에서, 하나의 '행동'을 하나의 '사건'으로 보는 입장이 있다. 그럴 경우, 이처럼 사건을 상황의 변화로 보고 두 개 이상의 화소 혹은 (동사를 내포한) 문장으로 기술하면, 이는 두 개 이상의 '사건'이 된다. 여기서는 제랄드 프랭스의 『서사학이란 무엇인가』(최상규 옮김, 예림기획, 1999) 제1장과 3장을 참고하되, 나름대로 논리를 세운다.

요소[7]—이 있어야 한다. 그런데 그것은 다름 아닌 중심사건 '스토리의' 처음상황에 내포되는 것이다. 논리적으로 그 갈등항 혹은 대립소는, 작품 '서술'의 처음(도입 혹은 발단부)이 아니라 중심사건 '스토리'의 처음상황 진술에 내포되어야 하며,[8] 그것은 중간과정을 거쳐 끝상황으로 전개되어 사건의 의미와 양상을 결정한다.

갈등 혹은 모순을 도입하여 중심사건 스토리의 연속체sequence를 '중간과정'이 들어간 세 개의 화소로 확장할 경우, 처음상황은 작품 전체의 '기본상황'이 되며 끝상황은 갈등이 전개 과정을 거쳐 도달한 결과를 나타내게 된다. 또한 각 단계를 기술하는 문장의 주어 자리에 놓인, 갈등을 겪는 행위자(인물)의 근원적 욕망 혹은 동기가 보다 구체적으로 기술된다.

「소나기」의 핵심 갈등을 소녀 중심으로, 살고 싶은 마음\죽을 병에 걸린 육체로 설정해본다.[9] 물론 이는 나 나름의, 그리고 이미 완성된 이야기를 대상으로 창작 과정을 상정하여 하는 진술이다.

---

7   '갈등'은 동적이고 '모순'은 정적이다. 힘과 의지의 대립으로 볼 때는 '갈등'이 적합하고, 대립적인 상태로 볼 때는 '모순'이 어울린다. 여기서는 둘을 함께 쓴다.

8   극적 완결 구조를 지향하는 이야기 작품의 처음상황은 대부분 그렇게 요약되며, 또 그래야 한다. 명작들의 그것을 요약해보면, 해석과 창작 능력을 기르는 데 도움이 될 것이다. 최시한, 『스토리텔링, 어떻게 할 것인가』, 282~283쪽을 참조하시오.

9   최시한, 「흙물 든 분홍 스웨터 —「소나기」의 플롯 분석」, 『현대소설의 이야기학』, 287~311쪽을 참조하시오.

> **(갈등, 모순을 내포한) 처음상황 → 중간과정 → 끝상황**
>
> 죽음을 예감하는 소녀가 살고 싶어 한다
>
> → 소년과 가까워진다
>
> → 소년과의 추억을 안고 죽는다(소년의 기억에 남는다)

스토리텔링에서 먼저 중요한 것은 중심사건 전체의 설정이라기보다 그 처음상황의 설정이다. '갈등을 내포한 처음상황 설정하기'는, 삶에서 대립하거나 모순적인 것을 포착하여 문제 삼고 그 전개와 해결을 상상하는 능력, 다시 말해 삶을 이야기 양식으로 인식하고 사색하는 능력을 길러준다. 교육 측면에서 볼 때 갈등을 내포한 처음상황은, 갈등이 전개되고 귀결되는 과정 즉 스토리의 진행 과정을 구체적으로 상상하는 바탕을 마련해준다. 거기에 여러 가능성이 내포되어 있기 때문이다.

「소나기」의 경우, 앞에서와 같이 처음상황을 설정했다고 가정하면, 그것은 소녀가 '소년과 가까워지는' 갈등의 전개 과정, 즉 중심사건의 중간과정을 구체화하도록 이끌어준다. 전체 스토리의 전개 과정은, 작자가 이 처음상황에 내포된 조건과 가능성 속에서 인물과 사건(의 의미)을 형상화해가는 한, 일관성과 개연성을 확보할 수 있다. 요컨대 갈등을 내포한 처음상황의 설정은, 스토리의 세부 즉 인물과 사건을 구체적이고 통일성 있게 전개하도록 만듦으로써, 작품 전체를 아리스토텔레스가 말한 "한 행동의 모방"이 되도록 도와주는 것이다.

논리적으로만 따지면, 중심사건은 스토리텔링 과정에서 일찍 설정할 필요가 있다. 공동 창작을 할 경우나 홍보용 애니메이션과 같이 목적이 분명한 이야기를 짓는 경우, 먼저 그것부터 정해놓고 시작하지 않을 수 없다. 그러나 전체 이야기의 핵심적 변화와 갈등을 설정하는 작업은 스토리텔링 활동의 심층에서 이루어지며, 처음에 정해진 후 줄곧 변하지 않을 수도 있지만, 여러 요소가 융합되는 과정을 통해 점차 형성되면서 분명해지거나 바뀔 수도 있다. 심지어 작자 자신도 이야기 작품을 완성하고서야 비로소 인식하게 될 수도 있는 것이다.

그렇다면 중심사건과 스토리의 관계, 나아가 스토리와 서술의 관계는 논리적 상하 관계이지, 작업 과정에서의 선후 관계는 아니다. 이들 사이의 이러한 순환적이고 복합적인 양상은, 교육의 방법과 절차를 정하는 데 어려움을 준다. 게다가 앞에서 '스토리'의 각 상황과 과정을 요약한 문장들이 「소나기」라는 소설 속에 그대로 나오는 '서술'들이 아닌 데서 알 수 있듯이, 스토리가 곧 서술은 아닌 까닭에, 좋은 스토리의 설정이 성공적인 작품 서술을 보장해주지 않는다는 사실까지 겹치면 그 어려움은 더욱 커진다. 그러므로 여기서 제시하는 '갈등, 모순을 내포한 처음상황 설정하기'는, 스토리 층위에 중점을 둔 교육 방법이되, 스토리텔링의 개념과 방법을 인식시키고 필요한 능력을 기르기 위한 기초적이고 예비적인 연습 활동의 성격을 띠고 있다.

3

스토리 설정 교육의 예

　스토리의 처음상황 설정하기는 이야기 능력을 기르는 기본적 활동이기에, 반드시 하나의 작품을 완성하기 위해서가 아니라도 많이 해볼 필요가 있다. 흔히 '위기에 빠진 지구'의 상황을 다루는 과학소설SF의 경우처럼 하위 장르별로 전형적인 상황이 있는데, 그런 유형과 그것을 변형하는 기법을 익히는 데 이를 활용할 수 있다. 또 이미 반쯤 짓다가 길을 잃고 중단한 작품의 스토리를 이런 방법으로 일종의 '되새김질'을 함으로써 수정 방안을 찾을 수도 있다.

　한편 명작을 대상으로 다음과 같은 문제를 풀게 하면, 이야기 해석 능력을 기르는 동시에 스토리 설정의 기본 요령을 익히는데 도움이 된다.

「메밀꽃 필 무렵」의 중심 스토리를 허생원 중심으로, 3문장[① (갈등, 모순이 내포된) 처음상황 – ② 중간과정 – ③ 끝상황]으로 요약한다고 하자. 아래의 괄호에 들어갈 '처음상황'은 어떻게 기술해야 작품의 내용에 비추어 적절하겠는가? 아래에 이미 주어진 중간과정, 끝상황에 내포된 갈등의 전개, 해소 과정을 고려하여, 1문장으로 적으시오.

　　단, 그러기 위해 먼저 전체 이야기의 중심적인 갈등 요소라고 생각되는 것을 점선 부분에 각각 2단어 이상의 대립적인 뜻을 지닌 구句로 적으시오.

갈등 : _____ \ _____

　① (　　　　　　　　　　　　　　　　　　　　　　)
→ ② 허생원이 충주댁 일로 다투다가 동이 모자에 대해 알게 된다.
→ ③ 아내와 자식이 생겨 정착할 희망을 품는다 / 가능성이 생긴다.

　　처음상황에 대해 이해하고 그것을 기술하는 요령을 익히는 단계가 지나면, 실제로 창작하고자 하는 이야기의 처음상황을 설정하는 일에 착수하게 된다. 갈래와 목적에 따라 차이가 있겠으나, 일단 가장 중요하거나 절실한 느낌, 사실, 체험 등에서 어떤 제재를 정한다. 그리고 거기에 내포된 대립소를 분석해내거나 작자가 원하는 어떤 대립소 혹은 갈등을 집어넣어 지배적 의미(주제)를 생성한다. 그것의 일반적 항목을 예로 들면, 개인\사회, 인간\자연, 정신\육체, 이상\현실, 삶\죽음, 빈\부, 억압\자유 등이다. 이때 작자가 처한 현실에 존재하는 대립을 반영하거나 그것이 잘 드러나는 전형적 상황을 포착하면, 이야기가 보다 사실적이고 가치 있게 된다.

다음은 제재, 갈등, 처음상황 등의 상호 관계를 활용한 스토리 설정 활동의 예다. 상상의 섬세한 차이를 드러내기 위해 같은 제재의 두 가지 다른 예를 제시한다.

제재	갈등	처음상황
성장의 고통 1	빈\부, 욕망\현실	젊은이가 넓은 세상으로 나가려고 하지만 돈이 없다.
성장의 고통 2	개인\사회	젊은이는 그가 하는 일 때문에 마을에서 소외되었다.

처음상황이 설정되면 제재에 부합되며 창작 의도, 지배적 의미, 배경 등이 적절히 형상화될 수 있도록 끝상황과 중간과정을 설정함으로써 일단 중심사건 스토리를 완성한다. 그것을 뼈대 삼아 사건에 어울리는 인물, 행동, 공간 등을 구체적으로 상상하여 스토리의 세부를 점차 형성해가기 시작한다. 이때 인물과 사건을 다양화하면서 갈등을 사회적 맥락에서 구체화하거나 다른 갈등 요소를 더 추가하여 이야기를 입체화할 수 있다. 물론 그 과정에서 대립소들 사이의 지배와 종속 관계가 바뀌는 일이 새롭게 일어날 수도 있다.

앞의 '성장의 고통 1'에 농촌\도시와 선\악 갈등을 넣어 스토리를 보다 구체화하여 본다.

처음상황: 농촌에 사는 젊은이가 도시에 가서 꿈을 이루려 하지만 비용이 없다.

중간과정: 도시에서 온 사람의 꼬임에 넘어가 부정한 방법으로 돈을 벌 수 있었으나 유혹을 물리친다. (그릇된 욕망\선한 의지)

끝상황: 어렵사리 여비만 마련하여 불안한 마음으로 도시로 떠난다.

스토리텔링의 핵심은 스토리 형성 작업이기에, 중심사건이나 제재가 처음부터 확정되어 있다고 보기 어렵다. 그런데도 이러한 방법을 제시한 것은 부득이 바탕이나 출발점은 필요하기 때문이다. 또 어느 단계에서든 중심사건을 설정하는 데 이러한 방법을 활용하면 효과적이라고 보기 때문이다. 이러한 방식으로 출발하여 나아가면서, 제재 및 갈등-중심사건, 중심사건-전체 스토리, 그리고 스토리-서술 등의 양쪽이 서로 순환적·동시적으로 영향을 끼치며 스토리가 형성되어간다는 것을 다시 지적해둔다.[10]

---

10   나는 이러한 방법을 사용하여 스토리 설정 연습문제를 여럿 제시한 바 있다. 『스토리텔링, 어떻게 할 것인가』, 124~125쪽, 160쪽, 186~187쪽을 참조하시오.

제5장

'역사문화 이야기' 창작 교육

담화의 매체가 혁명적으로 바뀜에 따라 그 양과 갈래가 폭발적으로 늘어난 시대이다. 이 장에서는 스토리텔링 교육을 통해 그런 변화를 수용하면서 콘텐츠 창작자를 기르고 한국 중등교육을 발전시킬 방안을 모색한다. 논의를 구체화하기 위해 중등학교 교육을 1차 대상으로 삼으나, 스토리텔링 일반에 통하는 논의를 펴고자 한다. 스토리텔링 활동 전반에 두루 시사하는 바가 있기를 기대하는 것이다.

여기서 교과 통합 수업의 한 형태로 제시할 '(지역) 역사문화 이야기' 스토리텔링 교육은, 궁극적으로 그것을 이야기와 그 창작 교육에서 중요한 개념과 방법으로 삼을 필요가 있음을 드러내기 위한 것이다. 역사문화라는 객관적이고 집단적인 대상을 인식하고 이야기로 재창조하는 이 교육의 목표는, 스토리텔링을 통해 공동체의 이상에 공감하는 공공적 상상력을 기르는 데 있다. 아울러 디지털 매체를 이용해 정보를 찾고 재구성하여 이야기를 창작하는 과정에서, 창의력과 협동심[1] 그리고 디지털 리터러시를 신장시키는 데에도 부수적 목표를 둔다.

인간의 공감 능력을 진화론적 관점에서 파악한 프란스 드 발은, "공감이 포유류의 계보만큼이나 오래된 유산"이며, 그것은 타인과 감정적 상태 맞추기(감정 전이), 타인에게 관심 갖기(위로), 타인의 관점에서 보기(관점 바꾸기) 등과 같은 여러 겹의 구조로

1　여기서 모색하는 이야기 교육은 2~3명이 한 소집단(조)을 이루어 협동하는 형태다. 이는 역사문화라는 제재의 특성, 자료 수집과 창작 활동의 성격, 학생의 능력 수준 등을 고려한 것이다.

이루어져 있고 또 그렇게 진화해왔다고 했다.[2] 어떤 시간과 공간을 배경으로 인물의 행동을 인과성 있게 그려내는 이야기는 그런 능력을 기르는 데 매우 적합한 담화 양식이다. 이 장에서는 그 창작을 상상력의 공공성 증진 교육에 활용함으로써, 스토리텔링 교육이 이야기 능력을 키움은 물론 공동체의 문제를 인식하고 해결하는 정신 능력 신장에 도움이 되게 하려고 한다.

여기서 새로이 설정하는 '(지역) 역사문화 이야기'는 근래 콘텐츠 분야에서 주목하는 이른바 '역사문화 콘텐츠'와 유사하지만, 그와 같지 않으므로 갈래 설정을 위한 원론적 논의가 필요하다. 따라서 그 개념과 특성을 기술한 뒤 그에 따른 구체적 교육 방법을 살피기로 한다.

논지를 되도록 항목화하여 개조식으로 진술하되, 학생 주도적 형태의 수업 내용과 방법을 모색하는 대목에서는 나와 강미가 공동으로 지은 『조강의 노래 ─ 한강하구의 역사문화 이야기』[3]의 창작 과정을 예로 든다.

2   프란스 드 발, 『공감의 시대』, 최재천·안재하 옮김, 김영사, 2017, 284쪽.
3   문학과지성사, 2019.

1

역사문화 이야기

1) 갈래와 의의

역사와 문화를 다룬 이야기라면 흔히 역사소설이나 역사 드라마(사극)를 떠올리기 쉽다. 하지만 이에 해당하는 이야기물은 그 밖에도 다양한 형태와 명칭으로 많이 존재해왔다. '역사history'는 그 자체가 이야기story이므로 말할 것 없고, 이야기 양식을 띤 전기, 수기, 보도 기사, 논픽션 등과 같은 기록 위주의 역사물과 역사 드라마와 영화, 설화, 다큐멘터리, 그리고 서점의 역사 교양 코너를 가득 채우고 있는 관련 수필, 해설, 답사기 등 헤아릴 수 없이 다양하다. 또 아동을 대상으로 한 학습서류에는 역사와 문화 지식을 흥미롭게 익히기 위한 '역사 만화'도 많다. 이런 것들은 유익한 정보를 담았고, 상황을 떠올리며 나름대로 상상하는 재미까지 맛볼 수 있기에 항상 환영받아왔다. 한마디로 이것들은 역사문화 자료 혹은 관련 이야기의 전용[4]이 얼마나 다양한가를 잘 보여준다.

근래에 콘텐츠 창작이나 문화산업 분야에서 흔히 '역사문화 콘텐츠'라고 부르며 중요시하고 있는 것은[5] 앞의 것들과 비슷하다. 다른 점이라면 반드시 전자매체를 사용하고, 실용적 목적을 위한 재창작을 염두에 둔다는 점에서 문화산업적인 면이 있다. 하지만 이야기의 원조 가운데 하나가 '역사'이므로 짐작은 가나, 사실 그것은 정체가 모호하다. 그게 역사와 어떻게 다른지, 이야기인지 아닌지, 이야기라면 허구적인 것도 포함이 되는지 등이 그러하다. 그런데도 국가 규모의 콘텐츠 창출 사업이 그에 지나치게 쏠리고 있는 것은 납득하기 어려운 일이다. 그것이 역사와 다르다면 역사성이나 이야기로서의 가치를 평가하는 기준이 무엇인지도 애매한 상황에서, 공모 대회 같은 것을 열어 관련 '아이디어'나 '스토리'만 가지고 완성될 '작품'의 내용과 수준을 판단하는 일도 이야기 자체에 대한 인식 부족을 드러낸다.[6] 하여간 매체

---

4 OSMU를 포함한 전용에 대하여는 이 책의 제7장을 참조하시오.

5 예를 들면, 국가기관인 한국콘텐츠진흥원이 주관하는 '컬처링' 사이트의 앞머리에는 그것이 "창작자를 위한 역사문화 포털"이라고 적혀 있다. 그 사이트를 안내하는 말은 "역사문화 콘텐츠 창작 맞춤형 통합 검색 포털"이다.

6 한국콘텐츠진흥원은 물론이고 각 지자체의 문화원과 문화재단이 주최하는 관련 공모전이 1년에 수십 회 열리고 있는데, 이론적 바탕이나 정책적 분석이 빈약한 채 이루어져 지역을 홍보하는 수단에 그치고 있는 듯하다. 또한 거기서 요구하는 것이 대개 아이디어나 스토리(이른바 '시놉시스'라고 하는 것), 트리트먼트 등인 경우가 많은데, 그것은 이야기의 한 요소이거나 제작 과정에 필요한 '대본'의 한 형태일 따름이다.

혁명이 가져온 담화 양식의 변화와 문화산업의 발흥으로 인해 그 것이 콘텐츠의 주요 형태 가운데 하나가 되어가고 있는 게 현실이 므로 체계적 논의가 절실하다.

여기서 설정하는 '역사문화 이야기'란 역사, 문화, 자연 등을 자료로 창작하여 그 의미와 진실을 드러내고 체험시키는 정보적 (실용적) 이야기다. 이는 앞서 언급한 '역사문화 콘텐츠' 개념의 문제점을 극복하고, 그 교육과 연구의 바탕을 마련하기 위해 설 정하는 하나의 갈래다.

앞서 제시한 '이야기 갈래 좌표'에서 이야기를 표현적(예술 적) 요소가 지배적인 것과 정보적(실용적) 요소가 지배적인 것으 로 나누었다. 그리고 전자가 예술적·내면적·주관적이라면, 후자 는 실용적·외면적·객관적이다. 아울러 교육에서 상대적으로 더 주목해야 할 것은 후자라고 보았는데(제3장 4절), 역사문화 이야기 가 그에 속하므로 여기서 그 이유를 구체적으로 살펴보기로 한다.

그것은 첫째, 정보적 이야기가 보다 객관적·공공적인 것 을 추구하기 때문이다. 그 작자는 상대적으로 더 객관적인 자료 에 대해, 외적 이야기 상황의 맥락에서 공적 태도를 지닌다. 따라 서 창작 과정에서 표현적이고 허구적인 이야기에 비해 객관적 사 실이나 현실의 구속을 더 받으므로 합리적 사고력과 상상력을 기 르기에 더 적합하다. 둘째, 각 교과가 다루는 지식, 현상, 경험 등 을 제재 삼아 스토리텔링을 교육 방법으로 응용하기 좋기 때문이 다. 표현적이거나 허구적인 이야기는 서술의 형상성을 추구하므 로 이른바 '문예 창작'으로 기울어서, 각 교과 고유의 지식과 사고 를 직접적으로 전달하는 데 적합하지 않다. 셋째, 창작 이전에 정보의 수집 및 해석 활동을 요구하므로 문해력, 정보 수집 능력 등을 아울러 기를 수 있기 때문이다. 넷째, 예술성을 추구하는 표현적 이야기의 스토리텔링은 일정한 정신 능력을 갖추고 규범적 형식을 익혀야 하는 데 비해, 정보적 이야기의 스토리텔링은 그럴 필요가 상대적으로 적어 접근하고 활용하기 좋기 때문이다.

이런 맥락에서 역사문화 이야기의 제재를 자기가 사는 지역[7]의 역사, 문화, 자연 등으로 한정하면, 중등학교에서 국어를 비롯한 역사, 사회 등 여러 분야의 교과 통합 수업 대상으로 삼기에 적합하여 한 차원 높은 교육 효과를 기대할 수 있다. 그 '지역' 역사문화 이야기의 창작은, 단지 자료를 수집만 하는 게 아니라 지역 사회의 문제를 다루기에 적합한 상황의 재현에 활용함으로써 주변 환경에 대한 공공적 상상력, 가치 의식 등을 기를 수 있기 때문이다.

한편 지역 역사문화 이야기는 지역 시민의 교양 활동으로도 적절하며, 새로운 자료와 제재의 발굴을 통해 문화산업 발전에도 도움을 준다. 한국 사회의 문학 중심주의가 이러한 점들을 놓치기 쉽게 하지만, 적극적으로 개념을 정립하고 그 교육 내용과 방법을 모색할 가치가 있다.

---

7   여기서 '지역'은 현실적으로 지방자치단체 혹은 행정구역을 기본 단위로 본다. 2014년에 지역문화진흥법이 제정된 후 '지역문화'라는 말이 자주 사용되고 있는데, 이는 전에 흔히 '향토문화'라고 일컬어온 것이다.

2) 정보적 이야기로서의 특성

어느 때 어느 곳에 존재했거나 한다고 믿는 것이 역사와 문화다. 그것은 본래 사회적 성격을 지니지만, 앞서 지적했듯이 객관적 진실을 추구하는 정보적 이야기로 서술할 경우 그 사회성과 공공성이 더 강해진다. 그리고 제재를 작자가 사는 지역 환경의 역사문화로 좁히면 그것이 더욱 구체화되고 생활과 밀접해진다.

창작하려는 갈래의 특성과 관습에 대한 인식은 표현 방식을 정하고 내적 질서를 형성하기 위해 매우 필요하다. 여기서는 앞의 '역사문화 이야기'에 대한 뜻매김을 바탕으로, 그 특성과 창작 활동에 대해 구체적으로 분석한다. 이는 뒤에 가서 다룰, 중등학교 학생을 대상으로 한 '지역 역사문화 이야기' 스토리텔링 교육의 내용과 방법을 마련하는 데 논리적 토대를 제공할 것이다.

첫째, 역사, 문화, 자연 등에 관한 자료와 정보를 해석하고 종합한 이야기다.

역사문화 이야기는 어떤 정보나 자료를 바탕으로 한다. 그것은 의미 있는 인물, 사건 등에 관한 기록이나 유물일 수 있고 구전되어온 설화일 수도 있다. 이것들을 가지고 하는 역사문화 스토리텔링은 기존 자료의 단순한 요약이나 짜깁기에 그치지 않는다. 사실의 요약이 아니라 사건의 이야기 형태로, 자료들을 인물과 사건에 녹여 넣어 인과적이고 그럴듯한 이야기로 묘사하고 서술해낸다. 역사를 다루는 각종 역사(책), 논문, 평설 등과 같은 정격적正格的 역사 서술과 역사문화 이야기가 구별되는 두드러진 특성이 바로 이 사건과 상황을 재현해내는 점에 있다. 역사 서술이 역사와 문화의 뼈를 간추린다면, 역사문화 이야기는 살과 표정을 지니고 행동하는 몸, 그들이 형성하는 상황 자체를 그려냄으로써 감상자가 구체적이고 흥미롭게, 얼마간 상상의 자유를 누리면서 역사와 문화를 체험하게 한다.[8]

그러므로 작자는 기본적으로 자료의 발굴·수집 능력과 언어 능력을 지녀야 한다. 그리고 창작 과정에서 자료의 변용 및 전용이 많이 일어나기에 해석 능력과 창의력도 요구된다. 예전 자료가 많이 번역되고 데이터베이스화되어 있으므로 자료 수집에 대한 부담은 적다.

둘째, 특정 현실 상황에서, 사회 발전에 기여할 공공적 목적 아래 창작된다.

앞에서 스토리텔링은 어떤 상황에서 상황의 변화를 모방하는 것이라고 했다. 역사문화 이야기는 자료 자체가 집단적 성격의 것이다. 또 앞서(제3장 1절) 제시한 '이야기의 상황'에서 이야기의 내적 상황은 물론 외적 상황, 곧 스토리텔링하는 행위의 상황까지가 다 중요하다. 실용적 목적을 추구하므로 그에 관한 고려가 비교적 '의식적으로' 이루어져야 하는 까닭이다. 이야기가 주는 재미와 의미 가운데 현실적 의미가 재미보다 우선하는 이야기이기 때문이기도 하다.

---

8   이 종류에 들면서, 여기서 설정하는 역사문화 이야기의 좋은 예로 안소영, 『책만 읽는 바보』(보림, 2005), 『갑신년의 세 친구』(창비, 2011)가 있다.

역사문화 이야기에는 역사적·문화적 상황이 대개 '과거'의 것으로 그려지는데, 스토리텔링을 하는 '지금 여기'의 구체적 용도나 사회 발전을 위해 작자가 추구하는 바가 기획 및 창작 목표로서 함께 중요하고 서로 일관되어야 한다. 이야기는 본래 "경험에 형태를 부여하는"[9] 힘을 지니고 있는데, 작자가 현실 상황에서 갖는 문제의식, 주제 의식이 정보의 해석과 형상화의 관점, 색채 등을 좌우한다. 그러므로 작자는 제재를 정할 때 사회적 공공선을 추구한다는 목적 아래 '외적 이야기 상황 분석'을 하여, 지금의 현실 상황을 개선하려면 무슨 이야기가 필요한가를 숙고할 필요가 있다. 그러한 문제의식과 가치 의식이 빈약한 역사문화 이야기는 한갓 '옛날이야기'에 불과할 수 있다.

셋째, 역사, 문화, 자연의 의미와 진실을 드러내고 체험시키기 위한 정보적 이야기다.

역사문화 이야기는 정보적(실용적) 이야기를 지향한다. 표현적(예술적) 이야기가 정서적·미적 가치를 추구한다면, 정보적 이야기는 인식적·효용적 가치를 추구한다. 전자가 심미적 감응을 중시한다면, 후자는 전달력, 실천성 등을 중시하므로 그 서술 매체(언어)가 대체로 지시적 기능을 한다. 이러한 실용적·객관적 특성을 지니면서 역사, 문화, 자연 등을 제재로 삼으므로 이 이야기는 크게 보아 문화사나 인문지리적인 성격을 띠게 된다. 따라

---

9   제롬 브루너, 『이야기 만들기』, 강현석·김경수 옮김, 교육과학사, 2010, 27쪽.

서 표현적인 이야기의 창작이 예술적 재능이나 수련을 요구한다면, 정보적 이야기는 학구적 노력을 요구한다.

역사문화 이야기에서 자료의 내용이나 그것의 해석은 역사문화적 진실의 맥락, 작자가 파악하고 또 믿는 그 진실의 맥락에서 이루어진다. 하지만 정통 역사와 비교할 때, 역사문화 이야기가 밝히고 전하는 '진실'은 비교적 유연하게 열려 있어서 감상자의 상상과 개입을 다소 허용한다. '이야기 갈래 좌표'의 '정보적'인 쪽에 놓이되 사회와 개인을 함께 대상으로 삼으며 또 재현적으로 서술하기 때문이다. 그럼에도 역사소설이나 역사 드라마 같은 표현적이고 허구성이 짙은 이야기에 비해 객관적 진실을 추구하여 그것의 제한 아래 창작하므로, 역사문화 이야기는 사회적 공공성을 지니게 되며, 작자는 그만큼 과학적이고 공적인 서술 태도를 요구받게 된다.

요컨대 역사문화 이야기는 존재했던(작자가 존재했다고 합리적으로 믿는) 상황과 사물을 구체적으로 그려내고 경험시키기 위한, '진짜 이야기true story'[10]에 속하는 것이다. 섬세하고 치밀한 서술로 인물과 사건에 대한 실감과 몰입을 추구하기도 하지만, 그 기본 성격이 사실 및 진실을 인식시키고 체험시키기 위한 것이라는 뜻이다.

따라서 넷째, 허구성보다 경험성(정보성, 사실성, 역사성)이

10 　마크 크레이머·웬디 콜 엮음, 『진짜 이야기를 쓰다』, 최서현 옮김, 알렙, 2019 참고.

지배적이므로 미적 상상력보다 역사적 상상력이 요구된다.

　이야기는 사물을 재현 혹은 모방하기에, 스토리텔링 과정에서는 항상 자료가 상상을 불러일으키고 상상이 자료의 의미와 이미지를 생성한다. 그래서 정보적 이야기에도 상상적인 것과 허구적인 것이 섞이기 마련이다. 표현적 이야기에 비해 사실성과 객관성을 추구하기에 그 결과물에 상상적·허구적 요소의 비중이 더적다는 차이가 있을 따름이다. 같은 정보적 이야기에 속하는 역사문화 이야기와 역사 사이의 차이도 그와 비슷하게 상대적이다. 역사가 추구하는 '사실史實, 事實'이라는 것도 역사가의 해석과 '역사적 상상'에 따른 것이므로 주관성을 완전히 벗어날 수 없다. 그것 역시 본래 존재하는 것이라기보다 역사가에 의해 상상되어 존재한다. 그래서 역사와 함께 역사문화 이야기도 가능하고 또 필요하다. 다만 역사가 정보를 전달하되 최대한 객관성을 확보하기 위해 요약하여 직접 전달하는 데 비해, 역사문화 이야기는 인물과 사건을 형상화하여 간접적으로 전달하므로 상상의 비중이 늘어나고 주관성도 증가한다는 차이가 생긴다. 따라서 역사문화 이야기는 역사를 읽을 때와 다르게, "외적 사실의 인식보다 인물과 사건으로 형상화된 상황과 그 내적 진실의 체험에 보다 중점을 두고 읽"[11]는 태도가 필요한 것이다.

　앞의 진술을 각도를 달리하여 다시 해보자. 본래 이야기의 서술은 사실이나 정보만으로 이루어지지 않는다. 건조한 정보 너머에 존재하는 것을 살려내 인물의 성격과 동기를 드러내고, 자

11　최시한·강미, 『조강의 노래』, 7~8쪽.

료 사이의 틈을 메워 사건을 인과적으로 전개시켜야 한다. 그러기 위해서는 상상이 필요하며 허구적 요소도 개입되게 마련이다. 그런데 역사문화 이야기의 작자는 상상을 하되 제한을 받으면서, '주어진 사실'을 바탕으로 상황을 그려내고 인물의 내면을 상상해낸다. 사건과 그 주체(인물)의 내면을 재현하고 상상하되, 자료에 비추어 가능한 역사·문화적 상황과 맥락의 범위 안에서 하는 것이다. 작자는 수용자가 상황, 욕망, 지향 등을 특정 시대의 맥락 속에서 실제 삶처럼 체험하고 공감하게 만들기 위해 스스로 끊임없이 의문을 제기하며 그에 답을 해가는데,[12] 그것은 어디까지나 '자료나 사실의 의미와 진실을 드러내고 체험시키기' 위해서다. 따라서 역사문화 이야기에 필요한 상상력은 정서적·미적 재미와 감동을 추구하는 상상력과 대비되는, 지적 재미와 인식을 추구하는 역사적 혹은 사실적 상상력이라고 할 수 있다.

요컨대 역사 서술에도 역사적 상상력이 필요하듯이, 역사문화 이야기에도 상상력이 필요하고 허구적 요소가 개입될 수 있다. 그래서 그 이야기는 경우에 따라 허구가 지배적인 것과 경험이 지배적인 것의 경계에 존재하거나, 어떤 부분은 허구 쪽에 더 끌리기도 한다. 하지만 그것은 어디까지나 역사적 사실이나 문화적 진실을 인물의 내면, 행동의 인과관계 등을 생생한 이야기로

---

12 따라서 이는 '학습 정보'의 요약이나 전달 위주의 일반 역사문화 콘텐츠에서 한 걸음 나아간 것이다. 학년급이 낮은 단계에서 하는 '우리 마을 돌아보기' '고장 문화 지도 그리기' '지역 역사신문 만들기'와 같은 기존의 학습 활동은 이것의 낮은 단계로 간주할 수 있다. 한편 뒤의 지도 '내용과 방법'에서는 작자가 의문 던지며 답을 찾아가는 이러한 활동의 예를 제시할 것이다.

그려내어 체험시키고 공감하도록 만들기 위한 것이다. 경험성과 허구성의 주종 관계가 역전되어 후자가 지배적이 되면 그것은 역사소설, 역사 드라마, 역사적 사실이나 설화를 바탕으로 한[13] 뮤지컬, 만화, 역할수행게임RPG 등과 같이 표현적이거나 오락적인 이야기에 가까워진다. 역사문화 자료를 바탕으로 그런 허구성이 지배적인 이야기를 '자유롭게' 창작할 수 있고 그러한 작업 또한 매우 장려할 일이나,[14] 그런 갈래는 여기서 말하는 역사문화 이야기와 이론적으로 구별된다.

다음은 역사가가 쓴 글로, 앞에서 논의한 역사문화 이야기의 특성을 다른 각도에서 인식하게 해준다. 그에 따르면, 역사문화 이야기는 역사와 문학 사이에서 역사에 가까운 어느 지점에 존재한다.

---

[13] 기존의 '역사문화 콘텐츠' 가운데는 설화를 원자료('소스')로 삼고 이른바 원 소스 멀티유스를 추구하는 경우가 많다. 그런데 신화, 전설, 민담 등과 같은 '설화적 이야기'는 널리 알려지고 상징성이 있어 이전부터 소설이나 오페라 같은 표현적 이야기에 자주 전용되어왔지만, 그것은 특정 지역의 시간, 공간과 관련이 적으므로 역사적·사회적 진실을 제시하는 데는 제한점이 있다. 이는 설화적 이야기가 역사적 이야기 자료와 성격이 다르다는 말이지, 가치가 떨어진다는 말이 아니다. 둘의 구별과 창조적 융합은 역사문화 관련 스토리텔링에서 매우 논쟁적인 문제이다.

[14] 앞에서도 근래 지역문화의 발전과 홍보, 문화산업의 자료 발굴 등을 위해 그런 활동이 매우 장려되고 있음을 지적했다. 하지만 여기서 우선 관심을 두는 것은 그 결과물의 현실적 효용이 아니라 교육이며, 이야기의 수용이 아니라 창작 국면이다. 가령 김은국의 소설 『잃어버린 이름』과 같은 '자전적' 소설이나 '역사적 실화를 바탕으로 한' 김훈의 역사소설 『남한산성』 등은 문학적 감동을 맛보게 함은 물론, 나라가 수난을 당하던 때의 한국인의 삶에 대해 깊이 '알고 공감하게' 한다. 그런데 그러한 종류의 이야기의 창작은 중등학교 학생의 능력을 벗어나는 일이며, 허구성을 너무 허용할 경우 중요한 교육적 목표들을 달성하기가 어렵다고 본다.

법칙은 일반화를 추구하지만, 이야기는 의미를 지향한다. … [중략] … 문학에서는 그것이 사실인지 아닌지 여부가 아니라 인간 삶의 진실을 얼마나 잘 구현해냈느냐가 중요하다. 문학이 허구적 이야기를 통해 인간 삶의 보편적 진실을 깨우쳐주는 기능을 한다면, 역사는 실제 일어난 과거의 사실 가운데 삶의 거울이 될 만한 것들에 대한 이야기를 하려는 것이 목적이다.[15]

다섯째, 형식과 매체를 다양하게 취할 수 있다.

이야기는 본래 형식과 매체의 다양성을 지니고 있다. 형식 면에서 보면 표현적 이야기보다 정보적 이야기가 더 그러한데, 그것은 미적 완성보다 복잡한 현실에서의 효용을 추구하기 때문이다. 그에 속하는 역사문화 이야기 갈래 역시 형식적 관습성이 약하다. 여기서 기억할 것은 '표현적'과 '정보적'의 구별은 목적을 기준으로 삼은 것이지, 형식이나 장르 형태에 기준을 둔 게 아니라는 점이다. 그래서 이 둘의 구분은 정보적 이야기가 예술성을 지니지 못한다거나, 예술적 이야기의 세련되고 정교한 형식과 기법을 활용하지 않음을 뜻하지 않는다. 실용성, 대중성을 지향하

---

15   김기봉, 『내일을 위한 역사학 강의』, 문학과지성사, 2018, 87~88쪽. 실제 역사문화 이야기 작품의 작가가 한 말도 여기서 참고가 된다. 다음은 민주화운동기념사업회가 기획하고 윤태호가 지은 만화 『사일구』(창비, 2020)의 '일러두기'이다. "이 작품은 역사적 사건에 바탕을 두고 재구성한 것으로, 일부 등장인물과 에피소드 등은 작가의 상상에 의해 창조되었음을 밝힙니다."

는 콘텐츠가 예술적 콘텐츠의 아이디어와 기법을 빌려오는 것은 흔히 있는 일이다.

역사문화 이야기는 정보적 이야기를 지향하고 또 역사문화 자료를 전용하므로 여러 서술 형식을 취할 수 있다. 따라서 어떤 형식이 대표적이라고 단언하기 어려우나, 굳이 갈래지어 예를 든다면 역사 다큐멘터리, 현장 르포, 탐사 보도, 체험 수기, 전기 등과 같이 기록적·보도적인 것, 스토리가 있는 관광 안내 자료, 지역을 알리는 인물 인터뷰, (문화재를 제재로 삼은) 연예 오락 프로그램 등처럼 홍보적인 것, 역사 재현 드라마, 문화 탐방, 영상 인문지리 기행, 역사 만화 등의 교육적인 것 따위가 있다. 이들은 과거 인쇄매체 중심의 시대에 종합 잡지에서 흔히 볼 수 있는 것이었으며, 오늘날 방송, 문화 활동, 문화산업 등의 주요 영역을 차지하고 있다.

매체 측면에서 보면, 역사문화 이야기는 매체를 복합적으로 사용하며 다른 형태로 제작, 공연, 건축, 생산될 수 있다. 뿐만 아니라 책에 수록되기도 하고 안내판에 적기도 하며 동영상으로 제작하여 방송이나 문화원 홈페이지에 올릴 수도 있다. 근래에는 1차 정보와 자료부터가 디지털화되어 있어서 그림, 동영상, 음악 등의 비언어적 매체를 다양하게 활용하여 창작하기가 쉽다. 그래서 이야기 창작물이 출판은 물론, 관련 캐릭터의 디자인과 생산, 테마 공원의 설계 등으로 연결되기도 한다. 탁월한 역사문화 이야기가 표현적·허구적인 이야기 예술이나 오락물에 전용되어 문화산업을 발전시키는 예가 많음은 굳이 따로 언급할 필요가 없을 것이다.

2

'지역' 역사문화 이야기의
창작 교육

1) 목표

스토리텔링은 인간의 정신 능력을 종합적으로 기르는 데 효
과적인 활동이다. 그것은 경험과 지식을 바탕으로 이야기를 그려
내면서, 사물의 의미와 가치를 드러내고 새로운 비전을 제시하는
작업이다. 역사문화 스토리텔링 역시 그러하다. 앞 장에서 살핀
특성들을 고려하여 그 교육에 대해 진술한다면, 그것은 역사문화
라는 집단적 제재를 가지고 사회문화적 맥락에서 나름대로 사고
하고 창조적으로 표현하는 능력을 기른다.

이미 언급했듯이, 중등학교 교육에서 그 역사문화의 제재를
학생이 사는 지역의 것으로 공간을 한정하면 보다 구체적인 교육
효과를 얻을 수 있다. 그것은 앞서 말한 능력들과 긴밀한 관계에

있는, 구체적이고 실제적인 교육 효과, 곧 '자기의 사회문화 환경에 관한 공공 의식 혹은 공공적 상상력의 신장'이다. 인물의 내면 갈등을 그려내고 사건의 인과적 논리를 세우는 데에는 반드시 타자에 대한 관심이 요구되고 가치 의식이 개입된다. 따라서 지역 역사문화 스토리텔링은 학생으로 하여금 자기 지역의 역사문화와 환경에 대해 알고 공감하며, 그 문제점을 인식하여 해결을 추구하는 사회적 능력과 태도를 기르는 데 적합하다. 아울러 국어, 역사, 지리, 정치경제와 같은 과목들의 통합 수업에도 알맞다.

이상의 논의를 종합하여 '지역' 역사문화 이야기 스토리텔링 교육의 지도 목표를 설정해보면 이렇다 ── 살고 있는 지역의 역사, 문화, 자연 등에 관한 정보와 자료를 수집하여 이야기를 창작함으로써 자기 환경에 대해 알고 표현하는 능력과 거기서 이루어져온 공동체의 삶에 공감하는 공공적 상상력을 기른다.

스토리텔링은 단지 글을 쓰기만 하지 않는다. 여러 매체를 사용하여 제작을 해야 완성되는 경우가 많은데, 거기에는 기획서, 대본 따위의 쓰기는 물론이고 그것을 바탕으로 한 연출, 세트 디자인, 촬영, 편집 등의 제작 행위까지가 포함된다. 앞의 목표는 그런 활동까지 전제한 것이다.

한편 역사문화 스토리텔링을 하는 작자는 내면의 소리에 귀를 기울이는 동시에 책과 컴퓨터를 이용하여 정보를 찾고 그 내용을 해석·종합해야 한다. 따라서 이 교육은 학생 주도형으로 이루어져야 하며, 앞의 목표에 부가적인 목표를 더 설정하게 된다. 그것은 '정보의 수집과 창조적 활용 능력을 기른다' 혹은 '다중매체 시대의 담화 능력 즉 디지털 리터러시를 기른다'이다.

이 교육은 컴퓨터를 활용한 정보나 자료의 참고서식 짜깁기—현실 문제 해결과 거리가 있고, 상상력과 창의력 기르기에도 그다지 도움이 되지 않는 '정보 퍼다 쌓기'—에 머물러 있는 듯 보이는 기존의 정보화 교육, 교과 통합 수업, 매체교육 등을 한 걸음 나아가도록 하는 데 이바지할 수 있다. 무엇보다 창작을 하는 현실적 목적을 설정하고, 그에 따라 자료를 해석하고 재창조하는 활동인 까닭이다. 20세기 말부터 정보화가 진행된 결과, 이제 한국에서 어지간한 정보는 컴퓨터로 검색하여 모을 수 있다. 문제는 그것을 해석하고 종합하여 재창조하는 능력인데, 이 스토리텔링 교육은 그러한 능력을 신장시키는 데 매우 효과적이다. 한마디로 역사문화 이야기 스토리텔링은 다중매체 시대의 소통 능력 교육 측면에서도 바람직한 수업 모델이 될 수 있다.

2) 내용과 방법—『조강의 노래』창작 과정

창조적인 활동이 대부분 그렇듯이, 스토리텔링의 과정은 직선적이라기보다 순환적이고 상호 보완적이다. 자료에서 어떤 의미나 메시지가 생성되며, 그것 중심으로 상상을 펴가다가 새 자료가 발견되어 또 다른 의미가 생성되기도 한다. 대상과 목적, 자료에 명시된 것과 해석하고 상상한 것, 그리고 부분적인 사건, 인물과 전체 스토리 등이 윈처럼 맞물려 돌아가며 서로를 변화시키는 것이다. 아울러 스토리텔링 교육은 실습 활동 중심이어야 하므로 학생의 능력 수준, 자료의 여건 등에 따라 2~3명 단위의 조별로, 진도가 다르게 진행될 수 있다. 이런 까닭에 거기에 규범적인 교육 절차나 방법이 있다고 보기 어렵다. 다만 활동의 내용을 몇 가지로 나눌 수 있기에, 논리적으로 그 선후 관계를 따져 순서를 정해 순환적이고 자율적인 가운데서도 어떤 단계를 모색해볼 따름이다.

다음은 그렇게 마련한 중등학교 지역 역사문화 스토리텔링 교육의 개략적인 내용과 절차다. 강의보다 학생들의 실습 활동에 시간이 많이 필요하므로, 수업 시간은 일주일에 한 시간씩 8주(두 달)를 기준으로 잡는다.[16] 고등학생의 경우, 최종 결과물은 사진 따위를 포함하여 A4 5쪽(원고지 약 40매)을 기준으로 한다.

『조강의 노래』의 창작 과정에 관한 진술은 항목별로, 저자 두 사람이 협동한 내용을 요약하여 적는다. 적은 바와 같이 해야 한다는 뜻이라기보다, 교육의 내용과 방법을 궁리하는 데 암시하는 점이 있을까 하여 예로 드는 것이다.[17] '지도 요령'을 붙여 참고가 되도록 한다.

(1) 목적 세우고 대상 찾기(상황 분석과 이야깃거리 넓게 찾기)

'왜'가 빠진 창작은 공허하다. 목적 없는 이야기, 연결성과 통일성이 부족한 단순한 사건 나열은 이야기로서 가치가 적다.

---

16 교과 통합 수업의 경우, 제재 설정, 수업 운영, 결과물 제출, 평가 등을 모두 '통합'하기 어려운 면이 있으므로 시행 전에 담당 교사들의 협의와 조정이 필요하다.

17 『조강의 노래』를 예로 든다고 해서 그와 같은 길이와 수준의 결과물을 중등학교 학생에게 요구하는 것은 물론 아니다. 결과물의 형태와 규모, 교육 기간 등은 학생의 학년급이나 제재의 특징에 따라 조정함이 자연스럽다.

그래서 먼저 스토리텔링을 하는 행위의 목적 혹은 그것의 '외적 상황'을 정하고, 그에 알맞은 대상을 지역의 역사문화 자료에서 찾아야 한다. 찾는 대상은 막연히 어떤 분야일 수도 있고 인물이나 사건일 수도 있다. 대상을 설정하고 찾기 위해서는 먼저 지역을 지정하며, 문제의식을 갖고 그 지역 공동체의 현재 상황이 안고 있는 공공성을 띤 문제들 — 가령 인권, 환경, 산업 등과 관련된 작고 큰 것들 — 을 찾을 필요가 있다. 물론 반대로 흥미로운 역사문화 자료를 먼저 정한 다음, 그에 내포된 혹은 그것을 활용하기에 적합한 문제나 상황을 연관 지을 수도 있다. 이러한 '찾고 연관 짓기'에도 작자의 성실성과 함께 창의적 상상력이 요구된다.

『조강의 노래』

한국에서 국가적으로 중요한 일 가운데 하나가 통일인데, 그에 대한 국민의 인식, 특히 청소년의 관심이 날로 줄어들고 있다. 그래서 통일에 대한 관심을 불러일으키기에 좋은 역사적 장소를 찾아 그곳에 얽힌 내용을 청소년도 흥미롭게 읽을 만한 이야기를 짓고자 했다. 판문점 선언(2018년 4월 27일)으로 남북 관계가 좋아지기도 하여, 출간하면 통일을 앞당기는 데 도움이 되리라 생각했다.

이런 목적에 소설 같은 허구는 적합하지 않았다. 역사적·문화사적 사실에 대해 아는 동시에 그것을 바탕으로 분단에 대한 문제의식과 통일에의 소망을 갖게 할 이야기여야 했다. 그와 비슷한 이른바 '역사문화 콘텐츠'들의 정체가 모호하여 갈래에 대한 이론적 고민이 필요했는데, 여기에는 근래 중등학교에서 관심을 모으는 수업 형태인 교과 통합 수업의 한 모형을 제시하려는 의도도 작용했다. 기존의 역사책과 구별되는 '역사문화 이야기' 형태의 콘텐츠를 지향하되, 일단 사진, 그림 등이 많이 들어간 책으로 출간하기로 했다. 독자들의 환영을 받아 다큐멘터리, 만화, 연극 등으로 제작될 원천 '소스'가 되기를 바라는 마음도 있었다.

문제는 그게 어디이며 무엇인가인데, 광범위하게 자료를 모으던 중 한 신문 기사에 눈길이 갔다. 2018년 7월 27일, 정전협정 65주년을 맞아 인천시 강화군에서 열린 '한강하구 평화의 배 띄우기' 행사에 관한 보도였다. 그 기사를 매개로 예로부터 한강하구를 '조강祖江'이라고 불렀다는 것, 남북 분단으로 그 이름을 잃었다는 것, 본래 그곳은 휴전협정에 남북 민간 선박의 자유 통행 구역으로 정해져 있다는 것 등을 알게 되었다. 참으로 놀랍고 흥미로운, 통일을 다루기에 매우 적합한 대상이었다. 한강, 임진강, 예성강이 합치는 '조강' 혹은 '한강하구'를 일단 대상으로 잡고 관련 자료를 모아 공부를 하기 시작했다.

지도 요령

스토리텔링의 목적을 설정하는 것도 그렇지만, 이야기로 지을 대상이나 제재는 학생 스스로 찾게 하는 게 좋다. 여의치 않으면 이번부터 '(3)제재 잡기'까지의 적당한 때에 교사가 정해줄 수도 있다. 대상을 선정하는 기준은 역사문화적 가치(현실적 '의미'), 흥미로움(사건과 인물의 '재미'), 새로움(참신성) 등이다. 형편에 따라 지역의 범위를 학생이 사는 곳을 포함하되 넓혀 잡을 수도 있다. 하지만 『조강의 노래』처럼 거창해야 하는 것은 아니다.

(2) 제1차 자료 수집

핵심 검색어를 정하고 관련 자료를 찾아 읽는다. 반드시 '연관 검색어'까지 넓게 찾아 읽으면서, 관심이 가는 것은 더 깊이 알아본다. 인터넷 검색 외에도 다른 여러 자료 조사 방법을 활용한다.

『조강의 노래』

'조강' '한강하구' '정전협정' 등을 검색어로 조사를 시작하자 엄청나게 많은 자료가 쏟아졌다. 새로 알게 된 것 가운데 다시 '수운水運' '개항開港' '민간통제선' 등의 검색어가 추가되었다. 자료들 가운데 이시우가 쓴 『한강 하구』[18]에서 종합적이고 신뢰할 만한 정보를 많이 얻었는데, 절판된 책이라 도서관과 헌책방을 뒤져야 했다. 김포문화재단, 김포문화원, 강화역사박물관 등을 직접 방문하여 자료를 모았고, 김포 문수산성, 강화의 돈대 등을 답사하여 현장을 익혔다. 조강 유역(한강하구)이라는 지역이 너무 넓고 관련 자료도 아주 많아서 모두 다루기 어려웠다. 그리고 근래에 분단으로 가려진 한강하구의 역사문화를 드러내고 남북 교류의 전초기지가 거기여야 함을 강조하기 위해 김포시와 인천시가 주관한 학술대회가 많으며, 다큐멘터리, 뮤지컬, 만화, 팸플릿 등도 많이 창작되었음을 알게 되었다. 그러나 너무 학술적이거나, 그렇지 않은 것은 내용이 비슷하고 창의성도 부족함을 발견했다. 특히 '조강 물참' 설화는 이 지역 역사문화 콘텐츠에 빠짐없이 등장하지만 동어반복에 그치고 있었다. 스토리텔링 대상으로

---

18 이시우, 『한강 하구』, 통일뉴스, 2008.

조강 유역이 지닌 가치, 자료의 양 등에 비해 의외로 깊이 있고 완성도 높은 콘텐츠가 적은 데 놀랐다.

제1차 자료 수집을 해보니 조강 지역의 역사, 문화, 자연은 한국 역사에서 매우 중요할 뿐 아니라 통일에 대한 의식을 깨우는 데도 적합했다. 기존의 콘텐츠가 빈약한 탓에 그것을 대상으로 삼은 것은 매우 잘한 일이라는 판단이 섰다.

지도 요령

학생들은 자료 독해 능력이 부족하므로 뉴스, 개인 블로그 등을 주로 검색하지만, 대개 내용이 비슷하고 신뢰하기 어렵다. 그런 문제점이 적은 책, 백과사전, 데이터베이스,[19] 지식 콘텐츠 따위를 선별하여 참고하도록 지도한다. 정보에 내포된 연관 정보, 자료에 나오는 참고 자료를 눈여겨보아 '연달아 찾기'를 하게 한다. 자료 찾기 경쟁을 붙이거나 각 조가 발견한 좋은 자료를 다른 조와 공유하도록 권장한다. 이 단계 역시 학생의 지적 수준을 고려하여 교사가 일부 자료를 찾아줄 수 있다.

이야기 자료의 경우, 그것이 설화적 이야기인가 역사적 이야기인가를 가려서 다루도록 지도한다.

---

19 각 지역문화원과 문화재단 홈페이지, 그것들을 연결한 '지역N문화' 사이트, 한국학중앙연구원의 '디지털 문화대전' 시리즈, 한국고전종합DB, 한국콘텐츠진흥원과 거기서 운영하는 '컬처링' 사이트 등은 지역문화 자료를 연결하고 종합하여 제공하고 있다. 특히 '컬처링'과 '지역N문화'는 여러 국공립 기관의 콘텐츠를 연결하여 제재별로 검색할 수 있도록 돕고 있다.

(3) 제재 잡기(이야기의 핵심 재료 정하기)

대상의 범위나 측면을 좁히면서, 짓게 될 이야기의 중심적 제재를 정한다. 짓는 사람 스스로 판단을 하여 어떤 인물이나 사건을 중심으로 이야기를 지을 것인지, 혹은 자료들이 환기하는 어떤 의미를 초점 삼아 스토리텔링할 것인지를 정하는 단계다. 전자가 제재를 구체적인 이야깃거리들 자체 가운데서 '선택'하는 것이라면 후자는 그것들에 내포되었거나 그것들을 가지고 전하려는 추상적 의미 — 궁극적으로 전체 주제나 메시지로 수렴되는 — 를 '설정'하는 것인데, 어느 쪽을 택하든 둘은 서로 긴밀히 연관되어 있다.

지배적인 제재 곧 중심제재를 설정한 다음에는 다시 그에 속하는 부수제재들 즉 하위의 세부 제재들을 조별로, 혹은 과목별로 다르게 설정한다.

『조강의 노래』

조강 유역과 관련된 역사문화를 전부 다룰 수는 없으므로 조강이 '한반도의 번영과 수난의 중심지'라는 점에 초점을 맞추기로 하고, 짓게 될 이야기의 중심제재로 정했다. 그리고 그것을 시기별로 쪼개어 다음 〈표〉의 첫번째 ①~③과 같이 잡았다. 각각 괄호 속에 적은 '번영' '수난' '분단 현실과 극복의 꿈' 등과 같은 의미를 제시하기 위한 부수제재들인 셈이다. 장소는 한곳이지만 시간적으로는 총 500여 년에 걸친 것들이라 시기를 한정할 수도 있는데, 수업이라고 치면 각 조가 따로 정하는 것이므로 다양할수록 좋다. (이 책처럼 그것을 모두 묶어 한 권으로 만드는 것은 나중

일이요 성격이 다른 일이다.)

　부수제재는 무엇보다 학생의 흥미를 중시하여 정하되, 자료가 적거나 중심제재와 어긋나면 늦기 전에 바꾸어야 한다. 여러 교과가 하나의 중심제재 아래 통합 수업을 한다면, 부수제재 역시 '통합적'으로 정하는 것이 바람직하나 과목별로 설정할 수도 있다. 그것을 가정하여 각 교과의 특성에 맞는 부수제재를 아래 두번째 ①~③과 같이 예를 들되, 첫번째와 달리 구체적인 재료 자체만을, 보다 세분된 형태로 진술해본다.

대상	조강(한강하구)
제재 — 중심제재	한반도의 번영과 수난의 중심지
부수제재	① 근대 이전의 수로(번영)
	② 개항기의 싸움터(수난)
	③ 현대의 분단 현장(분단 현실과 극복의 꿈)…
부수제재(국어과)	① '조강 물참' 설화, 「조강부」…
(사회과)	뱃사람과 조선의 신분제도, 조운 제도와 교통…
(과학과)	밀물과 썰물의 원리, 서해안의 조석 현상…
(국어과)	② 손돌목 전설…
(역사과)	병인양요, 신미양요…
(사회과)	효제충신孝悌忠信 사상, 강화해협의 지리적 특징…
(국어과)	③ 일제강점기의 이산을 다룬 문학, 분단문학…
(역사과)	한국전쟁과 휴전협정…
(사회과)	운송 수단과 근대 경제…

지도 요령

제재를 잡는 것은 이야기의 초점을 정하는 것이므로 어렵고도 중요하다. 학생들의 주체적인 관심과 사색, 활발한 토의가 필요하다. 역사문화 이야기로서의 가치를 높이는 것을 택해야지, 이제까지 모은 자료를 사용하기 좋은 쪽으로 택하면 학습 효과가 줄어든다. 중심제재 역시 학생들의 연령이 낮을 경우 교사가 정해줄 수 있으나, 부수제재는 되도록 학생들이 정하는 게 바람직하다.

(4) 제2차 자료 수집(제재에 관해 의문 던지며 답 찾아가기)

중심제재 및 부수제재 위주로 좁고 깊게 자료를 수집하는 단계다. 스토리를 형성하는 데 요긴하게 쓸 구체적 인물, 사건, 배경 등을 찾는 데 특히 힘을 쏟는다. 이때 자료의 빈틈이나 의문점에 대해 호기심을 갖고 '왜?'라는 물음을 던지면서 상상으로 메우기도 하고, 대답을 제공할 근거 자료를 새로 찾기도 한다. 이는 무엇보다 탐구심과 흥미를 북돋우고, 이야기의 생명인 인과성을 확보하며, 역사문화적 진실을 밝히기 위한 것이다. 아울러 학생들이 '자기 생각'을 갖게 하여 사고력을 기르기 위한 것이기도 하다.

『조강의 노래』

제1장 조강 물참 노래: '조강 물참'이라는 설화를 중심으로, 또 거기 등장하는 토정 이지함을 중심으로 조강이 조선 시대 수운의 중심지임을 밝히기로 했다. 그리고 양반인 그가 천민인 뱃사람들을 위해 노래를 지었다는 사실에서 신분 제도를 포착하여, 신분

차별의 문제점을 비판하는 이야기를 지으면 공공적 가치가 높겠다는 생각이 들어서 관련 자료를 집중적으로 모았다. 그런데 그 설화는 조강포의 비석에까지 새겨져 있으나 내용이 모호하여 의문을 품었다. 이 설화가 무슨 내용이며 왜 그렇게 중요한가? 이규보가 지은 시를 이지함이 백성을 위해 수정했다면 과연 원래 모습은 어떠할까? …… 아울러 '물참' '물때' 등의 토착 해양 용어가 『해양과학용어사전』에도 등재되지 않거나 제대로 풀이되지 않고 있는 현실에 놀랐다.[20] 물때에 대해 잘 아는 충남 보령의 어부를 만나 그 뜻을 풀이하는 데 도움을 받고, 조강 유역이 서해안에서 간만干滿의 차가 가장 크고 지리적으로 중요하여 물때의 기준이 되는 곳임을 밝히는 것을 부수제재의 하나로 잡았다.

한편 이지함의 자료를 보니 임진왜란 때 활약한 의병장 조헌이 그의 제자였다. 조헌은 바로 통진(김포) 출신이라 현감도 지냈고 그를 기리는 서원이 거기에 있었다. 그래서 두 사람을 조강 유역에서 '상상으로' 만나게 하되, 이규보가 「조강부祖江賦」에서 노래한 것과 비슷한 수해 사건을 계기로 삼아, 조강의 자연환경과 수로水路로서의 역사문화적 중요성을 제시하는 스토리를 구상하며 그에 도움이 될 자료를 찾았다.

제2장 조강으로 몰려오는 외국 배들: 개항기에 조강 유역에서 벌어

---

20 자료를 찾다가 김포 출신 국학자인 권덕규의 글 「조강 물참」(『매일신보』 1935. 12. 6.)을 발견하여 큰 도움을 받았는데, 자료적 가치가 높아 논문으로 발표했다. 최시한, 「권덕규 지음 '조강 물참'에 대하여」, 『서강인문논총』 제54집, 서강대 인문과학연구소, 2019, 265~287쪽.

진 세 가지 큰 싸움인 병인양요, 신미양요, 운요호 사건 및 강화도조약 체결 사건 등은 역사 자료가 참으로 많았다. 다 아는 이야기를 되풀이하기 쉬워 스토리텔링이 오히려 어려웠다. 그래서 사건에 가려진 그 주역(인물), 문화적·지리적 배경 등에 주목했다. 양헌수, 어재연 장군 형제, 신헌 등에 관한 기록, 강화해협의 지리, 손돌목 설화 등을 자세히 살폈는데, 다음은 그때 떠오른 의문들 가운데 일부다. 이런 의문 던지기와 답 찾아가기는 자료를 모으기만 하는 게 아니라 발굴해내며, 스토리의 세부를 짜나가는 데 큰 도움이 되었다.[21]

▷ 왜 외국 배들은 교동도 북쪽의 넓은 강을 놔두고 좁은 염하(강화해협) 안팎에서 싸웠을까?

▷ 병인양요 때 양헌수 장군은 왜 하필이면 프랑스군이 점령한 강화부성에서 멀리 떨어진 정족산성으로 들어갔을까?

▷ 어재연 장군의 동생은 죽을 걸 뻔히 알면서 왜 형이 싸우고 있는 광성보로 왔을까?

▷ 중국, 일본이 모두 개항을 했는데, 왜 조선은 늦게까지 하지 않았을까?

▷ 강화도와 김포의 성, 돈대 등은 '국토 수호의 현장'으로 일컬어지기도 하는데, 과연 타당한 말일까?

제3장 조강의 노을: 한국전쟁으로 조강 유역의 포구 마을들이

---

21   물음만 있고 답이 없는 것은 『조강의 노래』를 참조하시오.

강제로 철거되고 강이 철책에 갇히는 과정에 관한 구체적인 자료는 의외로 적었다. 현장 취재를 해서 실제 인물과 삽화를 발굴해야 하는데, 시대 변화와 조선의 멸망에 따라 몰락하고 또 국가에 의해 파괴되었으므로 자료가 적었다. 전쟁으로 그곳의 터전을 잃은 사람이나 그의 자손을 취재하여 인물로 삼고 그 부분을 다시 쓰고 싶은 마음이 지금도 남아 있다.

▷ 근대화 과정에서 조강 유역이 크게 몰락한 이유는 무엇일까? 그것은 나라의 멸망과 어떤 연관이 있을까?
▷ 한국전쟁 이후, 조강 유역은 군사분계선(휴전선)이 없는 '남북 공동 이용 수역'이 되었는데, 그 까닭은 무엇일까?

지도 요령

스토리텔링은 학생 스스로 해야 하지만 그런 경험이 적어 지도하기 어렵다. 교사가 학생들의 눈높이에 어울리는 흥미로운 질문을 만들어 자꾸 던지고 참신한 답을 주어서, 자료를 모으고 앎을 깨쳐가는 재미를 북돋울 필요가 있다. 예를 들면 이렇다

▷ 조강포 마을은 남쪽에 '통진 조강'이 있고 북쪽에 '풍덕 조강'이 있었다는데, 왜 이렇게 둘이 있었을까? —나루에는 반드시 양쪽이 있게 마련이고, 나루가 컸기 때문이다.
▷ 신미양요 전투에서 보듯이, 강화의 돈대들은 그 구조가 실제 전투에서 오히려 불리한 점이 많아 피해가 컸다. 그 이유는? —무기가 우수하여 근접하지 않고도 멀리서 공

격하는 적에게 눈에 잘 띄는 표적이 되었기 때문이다.

한편 같은 사실에 대한 자료라도 날짜가 같지 않고, 사실관계가 다른 경우가 많았다. 심지어 백과사전까지도 음력, 양력을 명시하지 않고 문장이 명확하지 않은 게 현실이다. 근래 지역 언론사, 방송사, 문화재단 등이 지역의 '역사문화 콘텐츠'를 많이 생산하여 홈페이지에 올려놓았는데, 제재가 같을 경우 도움을 받을 수 있다. 그러나 앞서 지적했듯이 장르 개념이 모호하여 문제점도 있으니 가려서 활용하도록 지도할 필요가 있다. 해당 지역의 박물관, 문화센터 등도 많으니 현장 답사를 하면서 그런 곳도 방문해야 한다. 전시 내용이 빈약한 곳은, 학생들이 그것을 바로잡거나 보충하도록 이끌 수도 있다.

(5) 스토리와 그 '결정적 장면' 설정하기(서술 방식 찾기)

중심 스토리를 형성할 인물, 사건, 공간, 시간 등의 세부를 설정한다. 관련 자료에 내포된 진실을 드러내고 설정한 제재를 잘 체험시킬 '상황'을 재현하거나 재구성한다. 이때 소설이나 영화의 서술 기법을 빌려다 활용하며 허구적·상상적 요소가 개입할 수 있는데, 어디까지나 전달하려는 바를 잘 그려내고 경험시키기 위한 것이어야 한다.

스토리를 적당히 자르고 입체적으로 서술하려면 '결정적 장면' 혹은 상황 중심으로, 즉 제재와 긴밀한 "사건이나 상황 변화의 고비"[22]를 중심에 놓고 작업한다. 결정적 장면은 스토리상 빼놓을 수 없는 장면으로서, 대개 자료를 검토할 때 가장 인상적인 장면이다. 그러므로 자료에 실제로 존재하여 재현하기만 하면 되는 사건이나 그 핵심 장면을 택하는 게 가장 좋다. 하지만 그런 경우는 드물다. 그러므로 보통 실존 인물을 택하고 그가 처한 갈등이나 위기의 장면을 상상하여 그리는데, 그때 변용과 재구성이 일어나지 않을 수 없다. 사건이나 상황은 분명한데 실존 인물이 마땅치 않을 경우에는 자료를 바탕으로 합리적으로 상상 가능한 전형적 인물을 만들어 넣을 수도 있다. 여기서 다시 강조할 점은, 그 인물은 어디까지나 해당 지역의 공간과 역사적 시간에 실제로 있었거나 있었다고 상상할 수 있는 존재여야 하며, 제재와 주제 제시에 적합해야 한다는 것이다.

스토리는 '서술된 시간'이 되도록 짧은 동안에 일어난 사건 위주로 잡되, 그 결정적 장면을 이야기 전체의 전면前面 혹은 도입부에 놓고 집중적으로 묘사하여 보여주기 서술을 함으로써 극적 효과를 내는 게 바람직하다. 그것의 배경이나 맥락에 대한 설명은 전지적인 들려주기 형태로 요약 서술하여 적당한 곳에 넣으면 된다. 결국 시간 순서에 따른 평면적 서술을 피함으로써 플롯에 변화를 주는 셈이다.

전면에 서술되는 결정적 장면을 전체 스토리의 '갈등을 내포한 처음상황'[23]이 되도록 할 수 있다. 처음상황에 역사문화적 갈등이 명백하게 드러나고 강렬하게 충돌하도록 서술을 하면 효과적

---

22   최시한, 「이야기와 공감 — '지역문화 이야기' 창작을 예로」, 『제24회 학술 발표회 자료집』, 우리말교육현장학회, 2018. 12, 19쪽.

23   '갈등을 내포한 처음상황 설정하기'가 여기에 도움이 된다. 이에 관하여는 이 책 제4장 2절을 참조하시오.

이라는 말로서, 이 교육의 내용적 목표와 밀접한 것이므로 고등학교에서는 교사가 암시해주고 학생들이 구체화하는 방법을 써서라도 시도해볼 필요가 있다.

『조강의 노래』

창작 과정에서 벌어진 일이 많은데, 인상적인 것 몇 가지만 적는다.

제1장 조강 물참 노래: 공간을 조강 전역으로 잡고, 이지함이 그가 살던 마포나루에서 통진의 제자 조헌을 만나러 가다가 큰물을 만난 사건을 전면에 배치하기로 했다. 이지함의 생존 시기와 조헌이 통진 현감으로 재직한 시기가 약 2년 겹치기에, 그중 1576년(선조 9년)으로 '상상하여' 때를 잡았다. 그런데 나중에 자료[24]를 보니 '실제로' 그해에 토정이 조헌을 찾아왔다는 기록이 있었다. 역사적 상상이 역사적 사실과 일치한 셈이다.

제2장 조강으로 몰려오는 외국 배들: 막상 잘 알려지지 않은 조선의 장수들을 각 이야기의 주인공으로 삼고, 그들이 고민하는 대목을 결정적 장면으로 잡았다. 손돌목 설화의 의미를 살리기 위해, 병인양요의 양헌수 장군은 그 무덤 앞에서 위기 탈출을 고민하는 장면을 설정했다. 신미양요의 어재연 장군은 외세와 싸우는 조선 사람의 내면과 가치관을 제시하기 위해 평민으로 전장에 뛰어든 동생과 충효의 길을 논쟁하는 장면을, 강화도조약의 전권대

---

24   이하준, 『중봉 조헌과 그의 시대』, 공간미디어, 2010, 241쪽.

관 신헌 장군은 회담에 앞서 나라의 어지러움과 굴욕에 대해 고뇌하는 장면을 앞에 놓았다. 다행히 장수들이 손수 남긴 기록이 있어 도움이 되었다.

당시의 상황을 재구성할수록 대원군을 비롯한 정치가들의 무능함이 절실히 느껴져서, 그들의 이야기를 어떤 관점에서 서술하느냐가 문제였다. 이제까지 관련된 장수들 또한 '국토 수호' '국난 극복'의 영웅으로 치켜세운 면이 있다. 그러나 사실 전쟁 자체는 패한 전쟁이었으며, 그런 싸움에서 역사적 교훈을 얻지 못해 결국 나라가 '수난'을 당했다는 판단을 제시하려고 보니 기존의 관념이 걸림돌이 되었다. 그야말로 '과연 무엇이 진실인가'라는, 역사문화적 진실의 문제와 마주친 셈이었다. 결국 이야기의 특성을 활용하여 할 말은 하되, 단언을 피하며 해석의 가능성을 열어 둠으로써 얼마간 독자에게 판단을 맡기는 서술 방식을 취하기로 했다.

오경석이 강화도조약 체결 후에 쓰러져 앓다가 세상을 떠났는데, 나라의 수치스러운 역사에 휩쓸린 지식인의 고통 '때문에' 얻은 병으로 서술하여 마지막 대목에 배치함으로써 여운을 남기기로 했다.

제3장 조강의 노을: 자료가 적은 데다 현재와 가까워서 상상이 제한을 받았다. 결국 19세기 말~20세기 초를 다룬 제1절('기선과 기차')에서는 조강 유역의 전형적인 하층민 셋을 꾸며내어 포구가 쇠퇴하는 모습을 그리기로 했다. 지자체에서 기획한 학술발표회의 글들, 『한국 전근대 교통사』[25] 같은 특수사 따위가 도움이

되었다. 박경리의 『토지』, 조정래의 『아리랑』 같은 소설에서 조선 백성이 나라를 빼앗기고 고향을 떠나는 대목을 참고하여, 조강포의 물류 창고와 운송업이 몰락하는 때에 일제가 수심을 재고 땅을 측량하는 장면을 앞에 놓았다. 한국전쟁과 휴전을 다룬 제2절은 결국 이렇다 할 장면 없이 '유도와 평화의 소' 같은 몇 가지 삽화를 나열하는 데 그쳤다.

지도 요령

앞서 언급한 소설의 장면 등을 예로 제시하여, 장면적 서술에 대해 알고 또 모방할 본보기로 삼도록 한다. 사실 결정적 장면의 선택과 서술은 쉽지 않다. 특히 앞의 '제3장 조강의 노을'과 같이 인물이 마땅치 않을 때는, 경험자나 관련 전문가와의 인터뷰를 통해, 그러니까 그의 입을 빌려 현재 시점時點의 일인칭 화법으로 장면에 관한 서술을 하면 비슷한 효과를 거둘 수도 있다.[26]

자료의 의미, 작자 나름으로 파악한 진실, 상상을 더해 그려낸 인물과 상황이 주는 느낌 등은, 이미 밝혀진 사실이나 굳어진 평가 등과 일치하지 않는 면이 생기게 마련이다. 이는 학생의 사고력과 창의력을 기르기 위해 환영할 일이므로, 이 갈래의 특성을 벗어나지 않는 범위에서 유연하게 지도할 필요가 있다.

---

25   고동환, 들녘, 2016.
26   「조강의 노을」의 그 대목은 전체 서술의 일관성을 위해 그런 서술 방식을 쓰지 않았다.

(6) 서술하고 다듬기

본격적으로 이야기를 창작하여 완성하는 마지막 단계다. 대강의 스토리를 먼저 적어놓고 살을 붙여가면 수월하다. 사진, 도표 등의 시각 자료가 정보 전달에 매우 효과적이므로 많이 활용하고, 필요하면 직접 만든다. 그런데 서술이 진전되지 않아 자료를 더 찾다가 내용을 수정할 수 있고 오히려 그때 본격적인 학습활동이 벌어질 수도 있으므로, 애초부터 앞의 준비 단계보다 이 단계에 시간을 넉넉히 배분한다. 여러 매체를 사용하여 제작할 경우에는 더욱 많은 시간이 걸리고 그런 일도 자주 일어나므로 시간을 미리 충분히 잡아야 한다.

『조강의 노래』

좋은 시각 자료가 의외로 드물었다. 근대 이후의 것도 그러하여 앞서 각주에 언급한 공영 데이터베이스 사이트들을 많이 뒤졌으나 소득이 적었다. 세계적 가치를 지닌 조강 유역의 갯벌과 철새에 관한 사진도 지자체 문화센터 홈페이지 등에 많이 있기는 하나, 그 역사문화적 가치를 살려 촬영된 것이 드물었다. 시각 자료 분야에서도 의미 있는 콘텐츠를 창작하는 능력과 노력이 부족한 것이다. 그래서 일부는 관련 맥락에 어울리도록 직접 사진을 찍었다.[27]

---

27 『조강의 노래』, 79쪽의 '해문방수비' 사진을 예로 들 수 있다. 그 비가 덕진 돈대 앞의 바닷가 비탈에 있다는 사실이 드러나게 찍고, 그것이 얼마나 시대착오적인 것인가를 드러내기 위해 그 사진을 신미양요 때 그곳을 점령한 미군 측 사진과 병치하여 썼다.

조강이 어디서부터 어디까지인지가 분명하지 않고, 그것을 표시한 지도가 없었다. 다소 어이가 없지만 그게 사실이었다. 그래서 김정호의 대동여지도 관련 부분을 잘라 참고로 제공하고, 직접 지도를 그려 해당 지역을 표시하기도 했다. 병인양요, 신미양요의 전황을 나타낸 지도들도 있기는 하지만 충실하지 못해 직접 그려 넣었다. 다소 모험적인 일이나, 별 문제가 없다면 뜻있는 일이라고 자부한다.

오늘의 독자들이 잘 모르는 사물들, 가령 나루와 포浦, 진과 돈대 등에 관해 필요한 곳에 따로 풀이하고 사진 설명을 일일이 붙이면서, 유사한 책들이 독자를 위한 그런 배려를 별로 하지 않으며, 한다고 해도 철저하지 못함을 거듭 느꼈다. 최근에야 시각 자료가 풍부하고 설명이 충실한 책이나 콘텐츠들이 다소 제작되어 나오고 있어서, 일부를 참고 자료 목록에 적어두었다.

지도 요령

서술이 너무 글 중심이 되지 않게 할 필요가 있다. 학생들이 창의력을 발휘하여 각종 자료를 활용하고 스스로 창작하도록 허용해야 한다. 결과물은 반드시 인쇄물로 제한하지 말고, 가령 휴대전화로 동영상을 찍거나 웹툰 형태로 제작하여 제출해도 좋다. 이를 위해 처음부터 다중매체를 활용한 본보기 콘텐츠를 보여주어 모방하게 할 수 있다.

독자의 입장에서 퇴고하도록 한다. 서로 간의 합평도 필요하지만, 학생들끼리는 한계가 있으므로 반드시 교사의 비평 지도가 필요하다.

제6장

'경험 이야기' 창작 교육

이 장에서는 '경험 이야기' 갈래를 설정하고 그 창작 교육 방법을 살피려 한다. 앞 장의 '역사문화 이야기'가 사회 중심적이라면, 이것은 개인 중심적이다.

사실 자기 경험을 글감으로 삼아 산문을 쓰는 활동은 초·중등학교 국어교육에서 '쓰기'의 하나로 흔히 이루어져왔다. 이 장에서는 그것을 스토리텔링 교육에 적합한 이야기 갈래로 다듬어 정립하고, 그 교육 방법을 체계화함으로써 어느 교과에서나 두루 활용할 바탕을 마련하려고 한다. 따라서 경험 이야기의 '경험'은 주체인 '나'가 겪고 서술하는 것이되 개인적·자연적인 것만이 아니라, 어떤 (교과의) 교육적 목적을 위해 기획하여 실천하는 집단적·계획적인 것으로까지 확장된다.

인간의 경험은 언어로 포착될 때에 비로소 의미 있는 어떤 것으로 인식되어 존재하고 또 드러난다. 표현 형식이나 교과목을 떠나, 경험을 인식하고 표현하는 활동을 통해 표현력과 성찰 능력을 키우는 것은 성장기 학생 교육의 핵심적 목표 가운데 하나다. 스토리텔링 역시 일종의 인식 행위이자 표현 활동이므로 그 목표를 달성하기 위한, 매우 적극적이고 복합적인 방법의 하나이다.

한국 초·중등학교의 쓰기 혹은 창작 교육은 학생의 일상적 삶에 대한 사색을 돕지 못하고, 창작하려는 결과물의 양식 혹은 갈래의 특질을 고려하지 않는 경향이 있다. 여기서의 모색이 그것을 한 걸음 진전시키는 데 이바지하기를 기대한다. 나아가 뉴미디어 시대가 요구하는 창의력과 스토리텔링 능력을 기르는 기초적 수업 모델을 제시할 수 있기 바란다.

1

'경험 이야기'의 특성과 필요성

이야기 활동을 본질에 충실하며 수준 높게 함으로써 내면적 능력을 기르고 삶을 향상시키려면 구체적으로 무엇을, 어떻게 해야 할까?

이에 답하기 위해서는 '사건의 서술'이라는 이야기의 정의에 주목할 필요가 있다. 앞에서는 이를 발전시켜, 이야기는 '의미 있는 상황 변화의 서술' 또는 '인과적으로 연쇄된 사건의 서술'이라고 다시 정의했다. 이러한 진술은 사건이 상황 혹은 상태의 변화요 인과적으로 연쇄되어 스토리를 형성한다는 점을 바탕 삼고 있다.

인간의 삶은 시작을 알 수 없고 끝도 그러하며, 이 일과 저 일 사이의 논리적 관계 또한 모호하다. 앞에서 이야기의 특성으로 연속성과 인과성을 들었는데, 가령 '어제의 어느 일'은 어떤 욕망, 행동, 돌발 사태, 날씨 등의 여러 요소가 빚어내는 '상황의 변화'로서 일관되고 인과성 있는 하나의 사건 혹은 스토리가 되어야 비로소 의미를 띠고 존재할 수 있게 된다. 그러지 않거나 못한다면, 그 일은 한낱 경험의 잡동사니에 불과해져 기억에서 사라지고 만다. 이는 집단의 삶에 관한 이야기인 역사 역시 그러하다.

여기서 이야기의 핵심이 '상황'이며, 경험을 재구성하여 그것을 처음상황-중간과정-끝상황의 변화가 인과적이게끔 서술해내는 것이 이야기 창작의 핵심 활동임을 알게 된다. 특히 그 경험이 허구적인 게 아니라 실제 자기가 한 일일 경우, 곧 작자 자신의 경험을 제재로 스스로 이야기를 할 경우, 상황을 설정하고 그 변화 과정을 이야기하는 행위는 곧 자기 삶의 의미 추구 혹은 생성 행위 자체에 해당한다. 자기 경험을 다룬 이야기의 창작이 지닌 교육적 가치가 여기에 있다. 그리고 그 교육 방법의 실마리는 바로 그 '상황'의 설정에 있다.

초·중등학교 학생의 쓰기 교육에서 늘 강조되는 것으로 '자기표현' '체험 기록' '삶을 성찰하고 계획하기' 등이 있다. 이러한 점들은 쓰는 이 쪽에 초점을 둔 것으로, 그에 적합한 갈래는 자기 경험을 제재로 삼은 이야기 양식의 비허구적 산문, 혹은 수필 종류가 될 것이다. 여기서 기억해야 할 점은, 이야기가 담화의 양식이지 역사적으로 존재했거나 하고 있는 특정한 갈래 혹은 장르가 아니기에, 그 범주에 드는 종류가 매우 많고 다양하다는 사실이다. 이야기는 담화 어디에나 활용되며, 그래서 어디에나 그 특성이 존재할 수 있다.

이야기를 창작한다고 하면 흔히 소설이나 콩트를 먼저 떠올리기 마련이다. 그것도 필요하기는 하나, 앞서 살폈듯이 초·중등 학교 창작 교육의 기본적 단계에 문학작품의 창작 혹은 허구적인 이야기 짓기가 놓이는 것은 적합하지 않다고 본다. 성장 단계로 보아 경험이 적고 사고력, 표현력 등이 제한된 아동과 청소년의 창작 교육은, 먼저 가장 가깝고 잘 아는 자기의 경험을 제재로, 또 창작 과정에서 기본적 표현력과 정신 능력을 기르는 데 목표를 두고 하는 것이 합리적이기 때문이다. 그렇다면 그것은 상상적인 것보다 경험적인 것을 제재로 하여, 어떤 형식적 규범이나 표현 기법에 그다지 구속되지 않으면서 이루어지는 게 바람직하다.

사실 소설, 희곡, 동화, 시나리오 등과 같은 문학적·허구적인 이야기는 갈래별로 고유한 관습적 규범이 있고 그것을 익히는 데 노력과 훈련이 필요하다. 또한 그것은 자기 경험을 바탕으로 삼더라도 '작품' 구조의 형상성과 유기적 통일성을 위해 많든 적든 체험의 변용과 허구적 요소의 개입이 이루어진다. 한편 학생들은 동화, 웹툰, 애니메이션, 영화, 게임 등을 통해 갖가지 관습적 이야기에 익숙해진 나머지, 허구적 이야기를 쓰게 하면 자기의 경험을 돌아보고 정리하기보다 그런 이야기를 모방하려 들기 쉽다. 객관적 경험이나 사실의 간섭을 받지 않고 이야기를 꾸며내게 되면 익숙한 이야기를 모방하여 재미 위주로 펼치는 수준을 넘어서기 어렵고, 따라서 평가를 할 때에도 적절한 기준을 세우기 어렵다.

그러므로 경우에 따라 자기의 경험을 짧은 콩트, 희곡, 드라마 대본, 시나리오 등의 '형식을 빌려' 서술하도록 할 필요는 있겠으나, 허구 중심의 내용을 형상화하여 비유적·상징적으로 전달하는 형식으로 창작하도록 지도하는 것은 초·중등학교 교육의 기본적 내용으로는 적합하지 않다. 이렇게 볼 때 국어교육의 경우, '자기 경험의 표현' '자기 성찰' 등을 강조하면서 막상 교재는 허구적 이야기 중심이고 일기, 수기, 르포, 기행문, 기록(다큐멘터리) 같은 경험적 이야기가 드문 것은 현행 교육의 모순적이고 불철저한 측면이다.

그래도 상상력을 기르려면 허구적 이야기 짓기를 해야 한다고 주장할 수 있다. 그러한 주장은 실제 존재하고 경험한 것은 자명한 것이라는 생각을 전제하고 있다. 하지만 상상력은 허구적 이야기를 꾸며내는 데만 필요한 것이 아니다. 제재가 실제 경험이라는 차이가 있을 뿐, 경험 이야기 역시 이 사실에서 저 사실을 추리하고 이것과 저것을 연결하여 의미 있는 전체 즉 인과적이고 뜻있는 스토리를 구성해내려면 상상력이 요구되기 때문이다. 자기가 '어제 어떤 일을 겪었는데 왜, 무슨 일이 벌어져서, 결국 어떻게 되었는가'를 재구성하는 데 필요한 상상력과 사고력은, 오히려 보다 사실적이고 자기 반영적('반성적'이란 표현을 피함)인 것이어서, 학생의 정신 능력을 발달시키고 내면을 변화시키며, 나아가 자아를 발견하고 정체성을 형성하는 데 직접적 도움을 준다. 자기가 한 경험을 '언어'로 표현할 때 일어나는 망설임과 혼란을 떠올려보면 수긍할 수 있을 것이다.

따라서 초·중등학교 과정에서 스토리텔링을 교육할 때 가장 기본적이고 중심적인 대상으로 적합한 형태는 자기 체험을 제재로 삼는 '경험적 이야기'[1]에 속하는 산문이다. 그것은 '이야기 갈래 좌표'[2]에서, 개인-사회 축에서는 개인 쪽에 끌리고 정보적(실용적)-표현적(예술적) 축에서는 전자에 쏠리며, 비허구적인 것이라 할 수 있다. 같은 정보적 이야기면서 앞에서 다룬 '역사문화 이야기'가 대개 객관적이고 사회적인 대상을 삼인칭으로 서술한다면, 이것은 보다 주관적·개인적인 것을 일인칭으로 서술한다.

이 경험적 이야기는 흔히 '생활글' '서사적 수필' '경험 서사' 등으로 불려왔는데, '경험 이야기'가 이름으로 가장 적합해 보인다. 여기서 '경험'은 작자 자신이 직접 수행과 표현의 주체가 되는 것으로서, 일상생활의 경험일 수도 있고 독서 및 사색의 경험일 수도 있다. 또 스토리텔링을 탐구나 학습의 방법으로 활용할 경우, 그것은 의도적인 계획 아래 수행되고 서술되는 '기획된 경험'일 수 있다. 예컨대 '답사기' '방문기' '체험기' '탐사 보도' '대담'(인터뷰) 등이 그것이다. 여기서 유의할 점은, 개인적 경험을 제재로 삼되 이야기 전체의 주제나 메시지는 사회적일 수도 있다는 것이다. 그럴 경우, 그것은 자기의 개인적 경험을 제재로 보편적 논리를 추구하는 논설이나 칼럼에 가까워진다.

이제까지 기초적 언어 능력을 기르기 위한 학습 대상으로 의

---

1   이 책에서 '경험적 이야기'와 '경험 이야기'는 밀접하지만 같지 않다. 허구성 유무를 기준으로 한 경험적(비허구적) 이야기/허구적 이야기의 갈래 구분은 이야기 이론에서 일반적인 것이다. 이 책은 다중매체 시대의 스토리텔링에 초점을 두고 정보적(실용적)/표현적(예술적) 이야기라는 구분을 주로 쓰는데, 그것은 허구성 유무가 이야기 양식 전반을 나눌 자질들 가운데 지배적인 것은 아니라고 보기 때문이다. 그러나 정보적 이야기에 속하는 경험 이야기 즉 '자기 경험을 제재로 한 이야기'의 창작을 다루는 여기서는 허구성 문제가 의미 있으므로, 그것이 '경험적 이야기'라는 점을 염두에 둔다.

2   이야기 갈래의 변별 자질들과 그에 따른 구분에 대하여는 이 책 제3장 2절을 참조하시오.

식적·무의식적으로 활용되어온 갈래가 수필이다. 여기서 설정하는 경험 이야기는, 문학과 비문학의 경계에 자리하여 확장성이 있는[3] 교술문학의 대표적 갈래인 수필, 그중에서도 서사성을 지닌 것이라 할 수 있으므로 '서사적 수필'에 가깝다. 그러나 '서사'와 '수필'이라는 말이 불러일으키는 선입견을 피하고, 초·중등학교에서 두루 사용하는 데 적합하도록 '경험 이야기'라 부르고자 한다.

경험 이야기는 고유의 형식적 규범성이 강하지 않다. 이는 넓은 의미의 수필이기에 당연한 점인데, 그래서 일기, 기행문, 편지, 체험기, 르포, 감상문 등의 형식을 무엇이든 취할 수 있다. 형식이나 갈래야 어떻든, 줄거리가 있는 자기 경험을 다룬 산문이면 모두 그에 속하는 셈이다.

이상의 주장은 초·중등학교 교육의 목표와 단계를 고려하여, 이야기 양식을 교육 전반의 목적을 달성하기 위한 하나의 주요 수단으로 활용하도록 이끌기 위한 것이다. 이야기는 장르나 학문 분야를 초월한 양식이고 고유의 본질적 가치와 함께 도구적 가치를 지니고 있으므로, 그것을 교육에서 하나의 중요한 개념 혹은 범주로 삼을 필요가 있다. 예를 들어 그동안 막연히 해온 일기 쓰기 지도를 '일기 형식의 봉사 체험 이야기 쓰기'로 구체화할 경우, 그것은 체험의 구체적인 서술과 통일된 인과적 논리 세우기를 지향하게 된다. 그 결과 표현력은 물론이요 사고력과 감수

---

3 독해력을 기르는 데 수필이 적합한 것은 이 때문이다. 최시한, 『수필로 배우는 글읽기』(제3판), 97~106쪽을 참조하시오.

성을 기르는 데 보다 도움이 되도록 그 지도 내용과 방법을 개선할 수 있다. 이러한 작업은 입시 제도의 문제점에 대해 친구와 논쟁한 경험을 다룬 수필을 잘잘못을 따지는 논증(논술)적 이야기(논증 양식을 취한 이야기)로 짓게 한다든가, 사회 분야 교과에서 어느 항구의 산업적 중요성에 관해 교육하면서 학생 자신이 '왜' 거기가 그런 모습과 기능을 지니게 되었는가를 다룬 '영상 답사 이야기'를 창작하게 지도할 경우도 마찬가지다. 이러한 예는 경험 이야기 창작 교육의 원리와 방법이 다른 분야의 창작 교육 활동을 체계화하고 지도 효과를 높이는 데 기여할 수 있음을 뜻한다.

2
교육의 내용과 방법

앞의 논의를 바탕으로 경험 이야기 스토리텔링 교육의 내용과 방법을 대강 기술해보면 다음과 같다. 물론 단계나 학생의 수준에 따라 난이도를 조정하며 교사가 일부 작업을 대신해줄 수도 있다.

첫째, 경험 속에서 인상적인 '상황' 혹은 장면을 택해 그것을 중심으로 이야기다운 스토리를 설정하게 한다.

길이나 제재는 학년급에 따라 다를 수 있으나 항상 이야기를 짓게 해야 한다. 그것은 (어떤 교육목표와 관련된) 인상적인 상황 혹은 사건의 한 장면을 자기 경험 속에서 찾아 선택한 다음, 가령 '해변 도로에서의 교통사고'처럼 구句로 표현해보는 일부터 시작하는 게 좋다(그것은 대개 나중에 글의 제목으로 발전된다). 그리고 그것을 초점 삼아 일련의 행위들을 잘라내어 처음상황-중간 과정-끝상황을 3~4문장으로 정리하여 중심사건의 스토리를 '표현'하되, 일관성과 통일성을 유지하기 위해 반드시 하나의 사건, 단일한 스토리만 짓게 한다. 그 작업을 하는 과정에서 작자는 스스로 자기한테 왜 그 상황이나 장면이 인상적이었던가를 인식하고, 그 맥락에서 자초지종을 판단 및 서술하게 된다.

고등학교 단계에서는 스토리의 '처음상황'에 전체 이야기의 갈등, 모순을 내포시키도록 지도할 수 있는데, 이야기가 극적이고 선명해질 수 있으나 경험 자체를 왜곡할 가능성이 생긴다. 앞에 제시한 '해변 도로에서의 교통사고'를 예로 들면 이렇다 ── '나는 기차 여행이 좋은데 아버지는 굳이 낡은 차를 가지고 가기를 원했다.'

'답사 이야기'처럼 기획하여 수행하고 정리하는 '기획된 경험' 이야기일 경우, 이야기의 출발점이 되는 상황 역시 계획에 따른 것이 될 터이다. 그만큼 의도적 요소 ── 답사 목적, 사람 찾아 만나기, 자료 획득 과정, 의문 해소를 위한 노력 등 ── 가 더 투입되는 셈이다.

둘째, '상황의 변화' 과정을 인과성 있게 구체적으로 서술하도록 한다. 이때 인물의 의도, 행동의 시간과 공간 등에 관해 독자가 잘 알 수 있게 한다.[4]

---

4 기사를 작성할 때 강조하는 '육하원칙六何原則'이 여기서도 직간접으로 충족되어야 한다.

사건 전개의 과정을 자세하게 서술하되 특히 원인, 동기 등과 그 결과가 분명히 드러나게 한다. 학년급이 낮을수록 경험의 일부를 잘라내어 그 줄거리를 간추려 서술하는 일만도 쉽지 않다. 상황의 변화는커녕 사건의 과정도 정리하기 어려우므로 그 경험'에 대한' 사색적 요소 ― 사건(이나 그것을 구성하는 행동들) 자체의 인과관계 설정, 그에 대한 자신의 해석과 느낌 등 ― 까지 기대하기 어려운 게 사실이다. 하지만 그것이 간접적인 형태로라도 드러나도록 지도할 필요가 있다. 그것이 생각의 부족함, 판단의 우유부단함 등을 극복하고 자기 경험에 의미를 부여하는 일이자 자기 삶을 더 주체적으로 사는 일이 되기 때문이다.

택한 사건을 자세히, 인과적으로 서술했다 하더라도 그에 대한 판단이나 해석, 반응 등이 비합리적이기 쉽다. 스스로 서술한 사건의 객관적 모습과 그에 대한 자기의 판단이나 느낌 사이의 괴리는, 그 자체가 의미심장한 사고의 논리성 부족이자 자기모순이다.[5] 창작 과정에서 그것을 발견하고 '창작 행위를 통해' 합리적으로 수정해가는 활동은, 사고력과 공감 능력을 기르는 핵심 과정에 해당되므로 매우 중요시해야 한다. 조별 합평과 교사의 중간 지도에서 놓치지 말아야 할 사항이다.

셋째, 결과보다 과정을 중시하면서, 도덕적 당위가 지나치게

5　자기가 경험한 사건을 자기가 서술하므로 이런 진술은 불합리해 보인다. 하지만 이런 모순은 청소년일수록 흔히 범하는 것이다. 스토리텔링에서는 이야기 자체의 내적 합리성과 함께 외적 합리성, 즉 서술 행위(이야기 활동)의 태도와 그 대상(사물, 경험) 자체 사이의 합리성도 중요하다.

개입하지 않도록 지도한다.

　이야기는 삶을 모방하고 재현하므로 항상 가치와 윤리 문제를 내포한다. 하지만 경험 이야기는 반성문이 아니다. 그것의 창작을 통한 '자기 성찰' 또한 맹목적인 반성이 아니라 '반성적 의식'을 기르기 위한 것이다. 도덕적으로 옳거나 가치 있는 규범에 따르는 이야기를 창작하면 학생이 그렇게 된다는 생각은 매우 순진하고 전근대적이다. 따라서 결과보다는 과정을 중시하여, 되도록 도덕적 당위에 구속되지 않게끔 지도할 필요가 있다. 학생의 솔직한 태도와 교육자의 열린 자세가 요구되는 대목이다.

　경험 이야기 창작은 어떤 가치관이나 사상을 확인하고 주입하기보다 무엇이 가치 있는 것인가에 관한 예민한 의식(가치 의식)과 어떤 것이 보다 보편적으로 옳은가에 관한 의식(윤리 의식), 또 그것들을 판단할 사고력을 기르는 데 초점을 두어야 한다. 기존의 도덕, 규범, 이념 등으로 경험을 재단하기보다, 사건의 양상과 그것을 바라보고 기술하는 학생 자신의 진실되고 주체적인 생각과 느낌 자체가 우선이다. 그것은 혼돈스럽고 처음과 끝이 다를 수 있으며 거짓 혹은 합리화가 끼어들 수 있는데,[6] 중요한 것은 경험한 바를 명료하고 합리적이게 표현하고자 노력하는 과정에서 얻는 경험 자체다. 경험 이야기 창작은 경험 — 사고와 감정의 합리성을 추구하는 — 을 쌓기 위한 것이다. 가령 '다투었던 일의 옳고 그름에 대하여'라는 윤리적 제재의 이야기를 창작할

6　경험적 이야기에서 무엇이 허구이고 어디까지가 거짓인가를 판별해내기란 어렵고 불필요한 면도 있다. 이는 별도의 논의를 필요로 한다.

경우, 다룬 사건의 전개와 논증적 사색이 잘 결합돼야 하는데, 자기 경험을 '남이 보아도 합리성 있게' 객관화하여 설득하고 감동받게 이야기하는 활동이 바로 반성적 사고의 과정이요 가치와 윤리 의식을 기르는 과정이다. 이렇게 볼 때 한 편의 경험 이야기를 잘 창작한 학생은 착하거나 글재주가 있다기보다 자신의 경험을 합리적으로 인식하고 객관성 있게 표현해낸 사람이다.

넷째, 스토리 형성에 중점을 두고, 서술의 기법은 높은 단계에 가서 고려한다.

단순 형태의 이야기는 스토리가 곧 서술이다. 짧은 설화나 동화가 그렇듯이, 사건의 배열 순서, 서술의 분량 등이 서로 비슷하다. 낮은 단계에서는 이러한 이야기를 창작하게 되므로 서술의 방법 혹은 기법, 즉 플롯, 초점화, 문체 등이 그다지 중요하지 않다.

그러나 고등학교 정도로 단계가 높아지면, 보다 참신하고 감동적으로 전달하기 위해 '어떻게 서술할 것인가'에 대해 관심을 쏟을 필요가 있다. 처음에 정한 인상적인 상황이나 전체 사건의 '결정적 장면,' 즉 스토리의 고비 혹은 상황 변화의 결정적 순간을 '서술'의 도입부에 놓는 플롯 짜기를 한다든지, 중요한 정보를 감추었다가 결말부에서 제시하는 '놀람의 결말' 기법을 써서 긴장도와 반응도 등을 높일 수 있다. 인물의 과거에 관한 정보는 들려주기 서술을 하고, 공간이나 인물의 옷과 같은 사물의 세부를 보여주기로 묘사하여 그럴듯함을 높이고 서술의 완급을 조정할 수도 있다.

다섯째, 매체를 종합적으로 사용하기를 권장한다.

가령, 근래 사라지고 있는 염전에 가서 알고 체험한 것을 담은 설명 위주의 경험 이야기는, 휴대전화로 현장이나 경험 활동, 안내판 등을 찍고 내레이션 형태로 말을 넣어 편집하면 훨씬 입체적이 될뿐더러 가상공간에 올리기도 좋다. 이른바 영상 다큐멘터리나 수필, 보고서 등의 형식을 띤 경험 이야기로서, 이때 지나치게 영상에 의지하고 언어를 적게 사용하는 것은 피해야 한다. 성장 과정에서의 사고와 표현 능력 기르기는 가장 발전되고 인간의 삶과 밀착된 언어를 매체로 하는 게 기본이다. 따라서 일정한 기준 이상으로 언어를 사용하도록 함이 바람직하다.

여섯째, 이상을 종합하여 인과성(스토리와 사건 전개의 완결성, 합리성), 구체성(표현의 명료성, 적절성), 가치성(제재의 진실성, 주제의 가치성), 창의성(새로움, 개성) 등을 평가의 기준으로 삼을 수 있다. 경우에 따라 오락성을 추가할 수 있다.

이야기의 갈래 중에서 청소년을 대상으로 그 교육적 가치를 실현하는 데 기본이 되는 것이 '경험 이야기'다. 앞에서 그 창작의 교육 내용과 방법을 여섯 항목으로 간추려 살폈다. 경험 자체의 성격과 학생의 정신 능력에 맞추어 사건을 구체적이고 인과적이게 서술하도록 지도함으로써, 창작 과정이 합리적 사고 경험을 쌓는 과정이 되어야 한다는 점을 특히 강조했다.

앞 장에서 다룬 '(지역) 역사문화 이야기' 창작이 사회 중심적이고 집단적인 경험의 스토리텔링이라면, 이 장의 '경험 이야기' 창작은 개인 중심적인 경험의 스토리텔링이다. 둘이 짝을 이루어 이제까지 비교적 소홀하게 다루어져온 정보적이고 비허구적인 이야기의 창작 교육에 이바지할 수 있으리라고 본다. 그리고 여러 교과에서 스토리텔링을 교육 방법으로 활용하는 데 도움이 되기를 기대한다.

제7장

OSMU와
스토리텔링 교육

1

OSMU라는 개념

디지털 혁명 시대의 다중매체 기술은 콘텐츠를 무한히 창출하고 유통시킴으로써 새로운 문화 활동과 산업의 장을 열었다. 이 거대한 변화 속에서 문학은 지배적인 위치에서 밀려나 그 위상과 기능이 변했다. 예를 들어 문학의 중심적 장르였던 소설은 이제 다양한 매체의 여러 이야기 가운데 하나인 '인쇄매체 이야기'로 위상이 낮아지는가 하면, 문화산업의 자원 즉 각종 매체로 재창작·재생산되는 '이야기 콘텐츠'의 '소스'가 되기도 한다.

현실이 이러하기에 문학은 전통적 의미의 '순수성' '예술성' 등을 고집하기 어렵다. 이제까지의 문학 연구나 문학을 자료로 한 교육 또한 다중매체가 소통을 주도하고 문화가 산업 및 국가 경제와 직접 연계되는 현실을 고려하여 대상과 방법을 혁신해나가지 않을 수 없다. '작품'이 '콘텐츠'가 되고, 영상의 촬영과 편집이 '쓰기'를 대신해가고 있는 다중매체 시대, 문화산업 시대에 부응하여 내용과 목표를 새로이 모색해야 하는 것이다. 예술 장르들이 혼합되고 문학 내부에서도 장르의 경계가 무너지며, 머지않아 어떤 종류의 이야기는 인공지능이 지어낼 수도 있을 것으로 전망되는 현실에서 그 작업은 이미 활발히 전개되고 있다. 하지만 주로 산업계와 수요자의 요구에 이끌려 시작되었기 때문인지, 문제점이 많고 관련 학문과의 협력도 충분하지 않아 보인다.

근래 문화산업과 관련 연구 및 교육 분야에서 매우 중요하게 사용되고 있는 '원 소스 멀티유스one source multi-use, 이하 OSMU'라는 용어를 중심으로 논의해보자. 이는 소설, 서사시, 연극, 영화, 오페라 등의 전통적인 '이야기 예술'을 바탕으로 한 '이야기 오락(엔터테인먼트) 산업'과 밀접한 말로서, 디지털화가 진전되고 그것의 온라인을 통한 소비가 일반화됨에 따라 장르, 매체가 융합되는 현실에서 자주 쓰이게 된 개념이다. 다음은 그 일반적 정의 두 가지를 뽑은 것이다.

> 오늘날 문화산업의 영역에서 가장 관심을 끄는 용어의 하나로 '원 소스 멀티유스OSMU'를 꼽을 수 있다. 하나의 원형 콘텐츠를 활용해 영화, 게임, 음반, 애니메이션, 캐릭터 상품, 장난감, 출판 등 다양한 장르로 변용하여 판매해 부가가치를 극대화하는 원 소스 멀티유스는 문화산업의 기본 전략이 되고 있다.[1]

---

1   김평수, 『문화 산업의 기초이론』, 커뮤니케이션북스, 2014, 36쪽.

원 소스 멀티유스one source multi-use

하나의 소재를 서로 다른 장르에 적용하여 파급 효과를 노리는 마케팅 전략.

이 전략은 문화산업재의 온라인화와 디지털 콘텐츠화가 급진전되면서 각 문화 상품의 장르 간 장벽이 허물어지고 매체 간 이동이 용이해짐에 따라 하나의 소재one source로 다양한 상품multi-use을 개발, 배급할 경우에 시장에서의 시너지 효과가 크다는 판단에 따른 것이다. 근래에는 창구 효과가 큰 문화산업의 특성에 맞추어 아예 기획 단계부터 영화·게임·애니메이션·캐릭터 등을 망라하는 문화 콘텐츠를 개발하여 그 효과의 극대화를 꾀하는 추세이다.[2]

앞에 따르면 OSMU는 주로 디지털 기술을 이용하여 제1차 '소스'를 가지고 제2차 파생 상품을 만들어내는 '문화산업의 기본〔생산〕전략'이자 '마케팅 전략'을 가리킨다. 이 용어는 이미 관련 산업은 물론 연관 학문의 핵심 개념으로 자리 잡은 듯하다. 하지만 표현 자체나 개념에 따져볼 점이 많아 보이며, 이는 관련 산업과 교육의 문제점과도 직결될 것이다.

디지털 혁명, 인터넷 혁명의 결과로 많은 용어가 새로 생겼다. OSMU도 그중 하나다. 흔히 이와 함께 사용되는 다른 용어들 즉 '(문화) 콘텐츠' 'CTcultural technology'(문화 기술) 등과 같이,

---

2   네이버 지식백과사전(두산동아). 이 단어의 한글 및 영어 표기가 일정하지 않다. 여기서는 한글 및 영문자를 '원 소스 멀티유스one source multi-use'로 표기하고 관행에 따라 OSMU로 줄여 적기로 한다.

바람직하지는 않지만 OSMU도 영어로 만들어진 한국어라고 할 수 있다. 외국어나 그것이 정착된 외래어라기보다 '영어로 만든 한국어,' 곧 한국에서 만들어진 한자나 한자어의 경우와 비슷하게, 본래 그 전부 혹은 일부가 영어지만 한국에서 사용되면서 그 형태와 개념이 새롭게 형성된 한국어라고 보는 것이다. 생긴 지 20여 년밖에 되지 않았으므로 불가피한 면도 있으나, OSMU는 어원이 한국어가 아니기에 더 많은 오해를 낳고 있으며 개념을 철저히 따지지 않는 인습 탓에 더욱 문제점이 커지고 있는 듯하다.

한편 앞의 뜻매김에 드러나 있듯이, "문화산업 영역에서 가장 관심을 끄는 용어의 하나"임에도 불구하고, OSMU 관련 연구나 정책은 이른바 '소스' 자체의 의미 구조와 그것이 '멀티유스' 되는 과정에서 일어나는 본질적 변화에 대한 관심이 부족해 보인다. 그 단적인 증거가 OSMU의 대상이자 결과인 이야기 자체에 대해 관심이 적은 점이다. 달리 말하면, 경영 전략에 몰두하다 보니 그 대상인 이야기의 본질 즉 '무엇'은 소홀한 채 '어떻게'에만 집중하게 되어, 정작 원천 '소스'의 창출(기획, 창작, 제작)과 그것이 '멀티유스'되는 과정에서 일어나는 의미의 생성 및 변화에 대해서는 등한시한다. 문화산업을 미래의 국가적 전략산업으로 간주하여 예산을 쏟아붓고 대학에 관련 학과까지 여럿 만들어졌음을 고려할 때 '소스'와 '유스'의 내용적 측면, 다시 말해 콘텐츠 자체의 창출 행위와 그것의 의미 구조에 대해 이렇게 소홀한 점은 놀랍지 않을 수 없다. 인간의 내면과 삶의 심층을 탐구하는 것이 인문학이라면, 이는 한국 사회의 인문학적 허약함을 보여주는 두드러진 예라고 할 수 있다. 문화산업 활동도 인간의 문화 창조 행위의 일부인데, '인간'과 '문화'가 빠져 있는 것처럼 보이는 까닭이다.

학문에서 개념과 연구는 하나이므로 개념의 문제점을 다루면 많은 점이 드러난다. 이 장에서는 OSMU 개념을 비판적으로 살피면서 관련 용어를 다듬고 설정하는 작업을 중심으로, 이야기 콘텐츠의 개발, 창작 등에 관한 연구 및 교육의 문제점을 짚어보고 그 개선 방향을 모색하고자 한다.

바꿔 말하면 이 장은 디지털 혁명이 가져온 문화산업 환경에서, 문화 '상품의 생산'과 판매를 위한 전략적 논의 이전에 마땅히 이루어져야 하는, 기초 자료의 개발 및 '작품의 창작'과 그것의 재창작에 관한 내용적 성찰을 위한 시론이다. 이는 전통적 문학 연구와 창작 교육이 콘텐츠 시대에 할 일을 모색하기 위한 기본적 시도라 할 수 있다. 그를 위해서는 대상을 '이야기 콘텐츠'로 넓혀 잡고, 창작의 개념 역시 상품 생산까지 포함하도록 넓게 잡을 필요가 있다. 이 글이 '이야기문학'에서 '이야기 양식' 일반으로 연구 및 교육의 대상을 넓히고, 콘텐츠를 단순히 정보의 사전적 집적물이나 산업적 재생산물로 여기는 단계에서 나아가 문화 활동의 창조적 산물로 바라봄으로써 사회 전반의 문화 수준 향상에 이바지하기를 바란다.

2

OSMU의 '소스'

개념은 이론적 논리와 현실적 사용 관습이 결합되어, 어떤 면에서는 필연과 우연이 겹쳐서 형성된다. 그러므로 용어의 개념과 적절성을 따지는 일은 실제로 '어떻게 사용되고 있는가'를 살피면서 논리적으로, 또 가치 면에서 '어떻게 사용되어야 하는가'를 함께 논의하는 작업이 된다.

앞서 살폈듯이, 오늘날 한국에서 OSMU는 문화산업 분야에서 원천 '소스'를 여러 형태로 활용('멀티유스')하는 생산 및 판매 전략을 주로 가리킨다. 이 말 자체는 원래 1980년대 일본의 전자공학계에서 디지털 자산 관리의 한 방법을 뜻하는 말로 처음 쓰이기 시작했고, 현재 한국에서와 같이 (암암리에) 콘텐츠 대부분을 염두에 두면서 사용된 말은 아니었던 것으로 알려져 있다. 이것을 1990년대 말~2000년대 초에 (주)한글과컴퓨터, 문화관광부 한

국문화콘텐츠진흥원 등이 중요하게 사용하면서 그 기표에 오늘
과 같은 기의가 덧붙게 되었다.[3]

　이 용어가 일본에서 사용되기 10여 년 전인 1970년대부터
이미 미국과 일본의 문화산업계에서는 OSMU에 해당하는 활동
이 존재했고,[4] 오늘날에는 한국과 달리 '미디어 프랜차이즈media
franchise'(미국), '미디어 믹스media mix'(일본) 등이 그와 유사한
개념으로 사용되고 있음을 볼 때, 한국에서 군이 그 '일본산' 영어
표현에 매일 필요는 없다고 본다. 원천이 어디에 있든 간에, 자국
어로 된 개념의 형성이 학문과 문화를 주체성 있게 발전시키는 데
매우 중요함을 고려할 때, 적절치 않은 점이 있을 경우 한국어로
새로 설정할 필요가 있는 것이다. 개념적으로 더 적합하다면, 일
본에서도 (유사한 개념으로) 쓰지 않는 OSMU를 버리고, 현재 미
국이나 일본에서 사용하고 있는 앞의 외국어들 가운데 하나를 '수
입'하는 게 차라리 나을지도 모른다.

　OSMU라는 용어 자체의 개념과 그 표현의 적절성을 따지려
면, 먼저 그것이 현재 콘텐츠의 생산 및 판매 전략 중심으로 일종
의 "수익 극대화 모델"[5]로서 인식되고 있음을 기억할 필요가 있

3　다음을 참고함. 서동원, 「문화콘텐츠 OSMU 시나리오 개발 프로세스 연
　구」, 서강대 영상대학원 석사논문, 2010, 8쪽; 김진형, 「지자체의 문화콘
　텐츠 가치 제고를 위한 멀티유즈 체계 적용 방안」, 고려대학원 박사학위
　논문, 2013, 18~19쪽.
4　1970년대 후반에 미국의 조지 루카스 감독의 스타워즈 시리즈, 일본 만화
　가 마츠모토 레이지의 『은하철도 999』 등이 여러 형태로 재생산된 것이 그
　예다.
5　송요셉, 「원 소스 멀티유즈의 개념적 모델 구성을 위한 시론적 연구」, 『인
　문콘텐츠』 제9호, 인문콘텐츠학회, 2007, 326쪽.

다. 매체와 장르를 달리하여 '소스'를 재창작·재생산하는 '멀티유스' 과정에서는 당연히 일정한 내용적·미적 변화를 고려해야 한다. 하지만 "문화산업에 박차를 가하기 이전에 문화 그 자체를 북돋는 일을 우선해야"[6] 할 한국의 현실에서는 그러한 상식이 외면되고, 이 용어에 내포된 산업적 과정과 수익 극대화 위주 개념만 축자적·피상적으로 쓰이고 있는 실정이다.

'원 소스 멀티유스'에서 '소스'란 무엇인가? 앞머리에 인용한 개념 정의들에서 "하나의 원형 콘텐츠" "하나의 소재one source"라고 일컬어진 그것은 구체적으로 무엇을 가리키는가?

앞의 제5장에서 다룬 '지역 역사문화 이야기' 스토리텔링 활동을 예로 들어보자. ① 김포시 지역의 손돌목 설화, 인접한 한강에서의 조운에 관한 역사 기록, 휴전선 때문에 생긴 한강하구 포구들의 생활상 변화 등을 자료 삼아, ②『조강의 노래 — 한강하구의 역사문화 이야기』와 같은 정보적 이야기책을 짓고, ③ 뒤에 다시 그책을 바탕으로 영화, 역사 드라마, 학습 만화, 뮤지컬 등을 창작한다고 하자. 여기서 일단 ②와 ③단계 각각의 이전 자료는 모두 '소스'라고 부를 수 있다. 그런데 OSMU 논의에서 흔히 그와 거의 같은 의미로 사용되는 '원천 소스'라는 말은, 그 표현이 암시하는 바와는 달리, 대개 이미 상업적 가치가 보장된(이른바 '히트를 한') 소설, 영화, 만화 같은 완결된 텍스트를 가리킨다. 예를 들어 만화『아기 공룡 둘리』, 소설『반지의 제왕』같이 극적 완결 구조를 지닌 허구적 이야기 작품을 가리키는 것이다. 그렇다

---

6   정과리, 『문명의 배꼽』, 문학과지성사, 1998, 23쪽.

면 앞에서는 ③의 것 가운데 어떤 허구적인 콘텐츠가 대중의 이목을 끈다면 몰라도, 그에 해당되는 것이 없다.

OSMU가 이렇게 상업적 흥행이 기대되는 극적 구조의 허구적이고 완결된 작품만 '소스'로 삼고, 그것의 창작에 필요한 자료의 개발, 정보의 해석, 기법의 창안 등과 같은 활동을 제외한 개념이라면 문제점이 많다고 할 수 있다. 바탕을 이루는 '원천 자료'의 개발 활동과 콘텐츠를 기획하고 형상화해내는 실제 창작 활동은 외면한 채, 이미 완성되고 이윤 추구가 보장된 텍스트에만 주목하기 때문이다. 한마디로 무엇보다 앞서야 할 콘텐츠 창출 과정 자체에 대한 관심이 빈약하기 때문이다. 아울러 이러한 문제점은 일단 완성되고 상업적으로 성공한 텍스트를 다른 매체와 장르로 재창작하는 데에도 그대로 연장되어, 도대체 무엇을(제재), 왜(주제), 어떻게(기법) '멀티유스'해야 하는가를 깊이 궁리하지 않는 결과를 초래할 수 있다. 다음은 이러한 문제점을 정책 면에서 명확히 지적하고 있다.

> 한국의 경우 OSMU는 문화 콘텐츠 산업 정책을 입안하고 사업을 개발하는 데 그야말로 '핵심 교리'처럼 떠받들어진 대원칙이다. … 〔중략〕 … OSMU는 창의적 '기획'의 결과가 아니라 '성공'의 결과다. 원본 콘텐츠가 대중적으로 성공하면서 자연스럽게 파생된 '결과'이지 기획에 의해 만들어진 '성공'이 아니다. 정책의 초점은 '훌륭한 원작'의 창조에 맞췄어야 했지만 OSMU에 대한 지나친 집착은 기획 단계에서부터 〔성공적인 '멀티유스'만을 ── 인용자〕 고려해야 한다

는 강박을 양산한다.[7]

한마디로 성공적인 원작을 창출하려는 노력에는 소홀하고 성공한 작품으로 산업적 성공을 추구하는 데만 몰두했다는 말이다. 구비 설화, 기록, 풍습, 고전 작품 등 유형·무형의 자료를 마구잡이로 엮는 데 그치지 않고, 그것들을 섬세한 지적·정서적 감수성으로 변용하고 재창조하지 않는다면, 어떻게 수준 높은 '원천 소스'를 창출해낼 수 있는가? 또 가령 어떤 소설을 영화로 OSMU하는 경우, 원작에 대한 깊은 해석 없이, 그리고 소설과 영화 사이의 매체 및 장르 규범이 엄연히 다른데도 그것을 고려하지 않고 '멀티유스'한다면, 작품의 완성도든 상업적 흥행이든 과연 기대할 수 있겠는가? 그런데도 이렇게 OSMU가 창작과 그 과정의 특성은 외면한 채, 오로지 이미 완성되고 성공한 작품을 가지고 '재생산'하는 산업 전략이자 마케팅 전략에 불과하다면, 이는 문화산업의 전체 구조, 관련 교육과정 등을 체계적으로 설계하는 데 핵심 개념으로 사용하기에는 문제가 많다고 할 수 있다. 최소한 문화산업 혹은 문화 상품의 특성에 대한 인식조차 결여된 채 일반 산업의 논리에 매여 있기 때문이다.

한편, 앞서 예로 든 김포시 지역문화 자료들은 실제 창작 과정에서 '하나'(원)의 자료만 활용될 수도 있으나 대개 둘 이상이 복합적으로 활용되게 마련이다. 이와 유사한 현상이 1차 완성된 작품을 '멀티유스'할 때도 일어나며 또 바탕 기술이 바뀔 때도 일

---

7   김평수, 『문화 산업의 기초이론』, 40~42쪽.

어나기 때문에 OSMU와 구별하여 MSMU(multi-source multi-use)라는 말까지 등장하고 있지만, 번거롭게 자꾸 말을 만들어낼 일은 아닌 듯하다. '소스'나 '멀티유스'라는 말의 실제 개념 자체가 애매하고 한계가 있는 판에 어떤 표현을 고집하거나 그에 구애될 것이 아니라 이론적 정합성을 따지면서, 또 이야기 행위의 양상에 부합되게, 보다 적합한 한국어를 찾아 용어를 새로 설정하는 편이 바람직하다.

3

OSMU와 이야기

OSMU와 관련 분야 논의에서 발견되는 다른 문제점의 하나는, 그것이 이야기를 대상으로 한 활동이라는 사실을 충분히 고려하지 않는다는 점이다. OSMU에서 '소스'로 간주되고 '멀티유스'되는 것이 이야기 텍스트이기에 그것은 주로 '이야기 산업'의 전략이다. 따라서 이야기의 특성을 염두에 두지 않는다면 비합리적이다.

앞에서 이야기를 '사건의 서술'이라고 정의했다. 삶을 모방 혹은 재현하는 이 담화 양식은 인물, 행동, 시간, 공간 등의 요소들을 어떤 매체와 형태로 서술하여 사건 즉 '상황의 변화'를 형상화하는데, 그것의 연쇄를 간추린 것이 스토리(줄거리)다. 한마디로 이야기란 이 "스토리가 있는 것"[8]이다. 영어 'story'는 이야기의 내용을 사건 위주로 간추린 것 곧 줄거리를 가리키기도 하고, 그것이 들어 있는 것 즉 이야기 텍스트 자체를 가리키기도 한다. 이는 한국어 '이야기'도 비슷한데, 이야기의 본질이 스토리의 존재 여부에 달려 있기에 생긴 현상으로 보인다.

스토리가 있는 것이 이야기라면, 그것의 창출 행위 즉 스토리텔링은 앞의 여러 요소와 매체, 기법 등을 동원하여 어떤 형태로 서술을 함으로써 "스토리를 형성하는 행위"[9]다. 그 행위는 감상자로 하여금 내면에 추상적인 스토리를 형성하도록 서술하는 활동이지, 이미 정해져 있는 어떤 '스토리를 직접 텔링하는' 것이라고 하기 어렵다.

이야기는 시간성, 인과성, 형상성과 그 매체 및 형식의 다양성[10] 등의 특성을 지니고 있다. 물론 갈래에 따라 차이가 있지만, 그것은 '스토리 형성 과정에서' 감상자에게 즐거움을 주고, 정보와 주제를 전달하며, 사물을 새롭게 인식시킨다.

OSMU에서 '소스'로 '멀티유스'되는 것은 이야기 중에서 주로 극적 완결 구조를 지닌 허구적 갈래의 이야기라고 했다. 이제 그 이야기 자체에 주목해보면, '멀티유스'되는 것은 엄밀히 말해 어떤 이야기 텍스트 전체라기보다 그것의 일부인 스토리 혹은 스토리 층위에 존재하는 어떤 것이다. 앞서 언급했듯이 이야기는 본래 형상성과 매체 및 형식의 다양성을 지니고 있기에 그 스토리는 항상 다른 형식이나 매체로 다시 '서술' 혹은 형상화될 수 있

---

8   최시한, 『소설의 해석과 교육』, 50쪽.
9   최시한, 『스토리텔링, 어떻게 할 것인가』, 64쪽.
10   같은 책, 29~33쪽.

다. 이야기 세계에서 원 소스 멀티유스는 전혀 새로운 게 아닌 것이다.

한편 스토리는 서술과 상호 의존하므로 "이야기의 개성과 수준은 스토리와 함께 서술에 크게 좌우된다."[11] 따라서 한 이야기를 다른 매체와 형태의 이야기로 다시 서술 혹은 형상화하는 과정에서 일어나는 변화는 매우 크고 다양하다. 매체와 서술이 바뀌면 스토리와 그 의미 역시 변하기 마련인 까닭이다. 가령 어떤 소설을 영화화하려면 대본을 창작하는 각색 작업이 필요한데, 이는 제작이 필요한 종합 이야기 예술에서 엄연히 하나의 전문 분야로 자리잡고 있다. 이론적 측면에서 OSMU 논의는 무엇보다 이러한 점들을 간과하고 있다.

OSMU 논의에서 염두에 두는 '멀티유스'의 양상을 보면, 그것은 항상 처음-중간-끝이 완결된 스토리를 갖춘 완결된 이야기를 소스로 삼지만 그 결과가 항상 그런 것이기만 한(이야기→ 이야기) 것은 아니다. 애니메이션에 등장하는 캐릭터를 인형으로 제작하거나 소설 『토지』(박경리)를 바탕으로 박경리 테마 공원을 짓는 일처럼 이야기→비이야기인 경우도 있다. 하여간 소설을 영화나 드라마 따위로 재창작하는 경우처럼 디지털 기술이 개입된 이야기→이야기의 경우가 기본인데, 이때 매체와 갈래의 변

---

11 같은 책, 111쪽. 스토리는 서술 없이 존재할 수 없다. 따라서 이 작품의 스토리를 다른 작품의 서술에 활용할 수는 있지만, 스토리만 가지고 그것의 '이야기(작품)'로서의 가치나 의미를 따지기는 어렵다. 이렇게 볼 때 거창한 규모로 매년 한국콘텐츠진흥원이 주최해온 '대한민국 스토리 대전'은 스토리의 본질은 고려하지 않은 채 OSMU만 추구하는 행사로 보인다.

화가 전제된다. 그 결과, 다시 산출된 텍스트는 본래의 작품이 아닌 별도의 작품이거나 심지어 원작을 배반한 일종의 상품에 불과할 수도 있다. 문학의 문학성을 중시하는 쪽에서 나오는 OSMU에 대한 비판[12]은 주로 여기서 비롯된다.

기존의 완성된 작품을 상업적 목적 아래 '재생산'하는 데만 몰두해서 그렇지, 이러한 '재창작'의 양상 전체를 부정적으로만 볼 것은 아니다. 다중매체 시대가 도래하여 영상매체가 인쇄매체의 지배력을 약화시킨 것은 사실이지만, 인간이 '이야기 문화'를 즐기며 그를 통해 삶의 의미를 발견하고 구축해가는 활동은 여전하다. 그 이야기가 어떤 매체를 통해 (재)매개되는 것도 여전하다. 다만 소설, 서사시, 연극, 판소리 등과 같이 언어 중심의 이야기에서 영화, 텔레비전 드라마, 애니메이션, 다큐멘터리, 뮤지컬, 웹툰, 이야기 게임 같은 이야기로 그 지배적인 매체와 장르가 바뀔 따름인 것이다.

OSMU 개념의 문제점을 구체화하고 극복하기 위해 스토리텔링 행위 자체의 양상을 더 자세히 살펴보자.

---

12   "지금까지 문학이 근대사회로부터 하나의 제도로서 보장되어왔던 이유는 문학성으로 대변되는 특유한 배치 때문이었다. 언어에 의해 담보되는 이 데올로기 내적 질서를 낯설게 만들고, 이 낯섦을 인식적 원리로 전환할 수 있는 예술 양식이 곧 문학이라는 정의는, 그래서 더욱 보편적인 것으로 통용된다. 하지만 OSMU는 문학성의 발생적 근간인 '배치'에 대해서는 전혀 무관심하며 오로지 문학을 이야기(흔히 담론과 구별되는 이야기 내용)로서 수용한다. 말하자면 '어떻게'가 아니라 '무엇을'이 OSMU가 문학으로부터 취하고자 하는 모든 것이라 할 수 있다." 박훈하, 「정보양식과 문학의 위상」, 『어문론총』 제45호, 한국문학언어학회, 2006, 528~529쪽.

'이야기하는 인간'이라는 말이 있듯이, 사실 인간은 본능적으로 항상 어떤 매체와 형태로 이야기를 해왔으며 또 그것은 환경과 기술이 바뀜에 따라 변해왔다. 그 활동은, OSMU 논의를 위해 방법론적으로, 크게 두 가지로 나눌 수 있다. 어떤 자료나 경험을 바탕으로 하나의 이야기를 새로이 창작하는 일과, 이미 만들어진 이야기를 활용하여 다른 이야기를 창작하는 일이 그것이다. 전자를 좁은 의미의 '(새 작품) 창작'이라고 한다면, 후자는 '(원작의) 전용轉用'[13]이라고 할 수 있다. 다중매체를 사용한 이야기 콘텐츠의 생산과 소비가 이루어지면서 폭발적으로 늘어난 것이 후자다.

창작과 전용을 이렇게 구분할 때, 물론 OSMU는 후자에 해당한다. 다만 디지털 기술이 개입되어 매체 및 장르 형태가 달라져야 한다는 점, '원'이라는 말 때문에 반드시 하나의 '소스' 혹은 스토리를 가지고 한다는 점, 그리고 결과물이 이야기→비이야기인 경우도 있다는 점 등의 차이가 있다.

그러나 앞의 구분은 논리적인 것일 뿐, 실제로 창작과 전용은 뒤섞여 있으며 구별하기 어렵다. "하늘 아래 새로운 것은 없다." 이야기가 특히 그러하다. 소포클레스의 비극 「오이디푸스 왕」도 당시 그리스인들이 다 아는 설화를 극화한 것이다. 대부분의 이야기는 작자 자신도 어디까지가 순수한 창작인지 가리기 어

---

13 '전용된 이야기'와 '전용하는 이야기' 사이의 공통성, 반복성과 함께 차이성, 개별성이 서술상 드러나 있는 경우를 기본으로 삼는다. 이 용어는 이제까지 기존의 이야기나 모티프의 활용 행위에 관해 의식적·무의식적으로 사용되어온 여러 말들— '변용' '변개' '매체 변이' '장르 전환' '개작' '번안' '각색' '트랜스미디어 스토리텔링' 등 — 을 두루 고려하면서, 그들을 포괄하는 넓은 의미로 사용하기에 적합한 용어를 찾은 결과다.

려우며, 전용도 기존 이야기를 그저 '재사용'만 하는 경우는 드물다. 인간은 흔히 전부터 있어온 '옛날이야기'나 '모티프motif,'[14] 경험하고 들은 담화, 정보, 일화 등 여러 가지를 의식적·무의식적으로 융합하여 이야기를 한다. 전용의 과정에서도 크고 작은 변용이 일어나는가 하면 다른 정보, 경험, 이야기 등이 새롭게 결합된다. 그때 1차 전용 대상 스토리가 일부 변하거나 중심에서 밀려나기도 하며, 매체와 형태의 변화가 동반되기도 하고 그러지 않기도 한다. 그리하여 전용의 결과물인 최종 텍스트에서 원작 혹은 원형을 짐작할 수 있는 경우(번안, 패러디, 리메이크 등)도 있고, 그러기 어려운 경우(환치displacement)[15]도 있다.

따라서 창작과 전용의 구별, 즉 스토리텔러의 의도와 시간적 선후 관계를 전제한 그 둘의 구별은 의미가 적다. 물론 원작과 전용 결과물 사이의 공통점과 차이점에 따라 창조와 모방의 정도를 따지지만, 일반적으로 어느 정도까지는 전용 역시 '창작'으로 간주되는 것을 볼 때, 그 구분이 제한적 의미만 지녔음을 알 수 있다.

요컨대 이야기에서 전용은 매우 뿌리 깊고 광범위하게 일어난다. 이야기 행위 즉 스토리텔링의 과정에 초점을 두고 보면 더욱 그러하다. 그러므로 반드시 하나의 완결된 이야기를 다른 이

---

14 민담학에서 주로 써온 용어로, 여러 이야기에 공통되게 나타나는 화소話素를 가리킨다. '알에서 태어난 지도자' '신발로 신부 찾기' 등과 같이, 여러 이야기 텍스트에서 거듭 사용되는 이야기 요소다.

15 "노스럽 프라이의 용어다. 신화 따위를 전용함에 있어서 그것을 논리성이나 개연성의 규범에 맞도록, 실생활과 같아서 독자가 자연스럽게 받아들이도록(그래서 원형을 알기 어렵게) 합리화하는 것을 말한다." 최시한, 『스토리텔링, 어떻게 할 것인가』, 283쪽.

야기에 활용하는[하나의 이야기→다른 (하나의) 이야기] 경우에만 국한하지 말고, 완결된 이야기 형태를 지녔다고 보기 어려운 기존의 모티프, 노래, 담화, 기록 자료 같은 것들을 가져다 이야기 생성에 쓴다든가(비이야기, 준準이야기→이야기), 완성된 이야기(의 일부 요소)를 이야기가 아니라 건축이나 캐릭터 인형 같은 것에 활용하는 경우까지(이야기→비이야기) 두루 전용이라고 할 수도 있다. 그렇게 범위를 확대할 경우, 전용은 '자료를 이야기 창출에 사용하고 그 결과를 다른 이야기나 사물에 활용하는 이야기 활동 전반'을 두루 가리키는 말이 된다. 어떤 소설을 소설로 패러디하는 것도 전용일 수 있으므로, 이때 장르나 매체의 변화가 필수적은 아니다.[16]

여기에 이르면, 전용은 이야기 행위의 특수한 방법이라기보다 일반적인 양상에 가까울 정도로 개념이 넓어진다. 그에 따라 앞에서 방법론적으로 구분했던 '창작'과 '전용'의 경계 또한 흐려진다. 그러므로 앞에 제시한 좁은 의미의 전용 개념 ─ 이야기의 창작에 이미 만들어진 이야기를 활용하는 일 ─ 을 기본으로 삼되, 이제까지 살핀 바를 고려하여 그 용어를 탄력적으로 사용함이 바람직하다.

이렇게 볼 때 OSMU는 이야기 행위에서 일반적으로 일어나는 전용의 하나로서, 디지털 혁명이 활성화시킨 그 일종일 따름

---

16 전용에는 저작권이나 표절의 문제가 뒤따르는데, 여기서 그것은 다루지 않는다.

이다. 그것은 이야기의 본질적 양상의 일부이지, 갑자기 생겨나거나 발명된 게 아니다. 그런데도 그것은 이야기 활동 자체에 대한 고려를 소홀히 한 채 다중매체 기술로 매체와 형태가 달라지는 경우에 한정하여, 결과적으로 매우 편협하게 사용되었다. 또 그것은 대중적으로 성공하고 완성된 작품만을 '소스'로, 이야기의 구조에 대한 고려 없이, '재창작'이라기보다 산업적 '재생산'과 마케팅에 초점을 두고 쓰였다. 이러한 문제점을 지니고 있으므로 OSMU는 적어도 이야기 콘텐츠의 창작을 위한 연구와 교육 분야에서 중요 개념으로 쓰기에 적당하지 않으며, 대신 그것을 내포하는 '전용'을 사용하는 것이 바람직하다고 본다.

OSMU 개념의 문제점은 그것을 중요시한 연구와 교육 분야의 문제점을 암시한다. 이를 극복하려면 한 걸음 물러나 매체와 이야기의 관계에 대해 주목하면서,[17] 이야기 행위의 본질적 양상, 각 갈래의 특성 등을 전용 중심으로 살펴볼 필요가 있다.

17　이와 같은 맥락에서 모든 텍스트는 이전의 텍스트나 기호 체계가 낳은 것 혹은 그것을 '재매개'한 것이며, 그래서 모든 이야기는 상호 텍스트적 관계에 놓여 있다는 주장이 설득력을 얻는다. 이와 관련된 근래의 업적으로 다음이 있다. 최성민, 『근대 서사 텍스트와 미디어 테크놀로지』, 소명출판, 2012; 임형택, 『문학미디어론』, 소명출판, 2016.

4

스토리텔링을 위한
교육과 연구

OSMU 개념 문제에서 벗어나 이야기 콘텐츠 창작의 발전을 위해, 이야기에 대한 연구와 교육이 나아갈 바를 거칠게라도 모색해보기로 한다. 그 전에 먼저 한국문학사에서 이루어져온 이야기 전용 양상의 일부를 이 글의 논지에 부합하는 선에서 살핀다. 이를 통해 논의를 구체화함은 물론, 이야기 활동에서 일반적으로 일어나는 상호 텍스트적 현상을 인식하면서 논의 대상을 소설, 설화, 희곡 등과 같은 전통적 의미의 '이야기문학'을 넘어 연극, 영화, 뮤지컬 등의 '이야기 예술,' 나아가 정보적(비예술적)인 것까지 포괄하는 담화의 이야기 양식 전반으로 넓힐 수 있을 것이다.

한국문학의 이야기 전통 속에는 내가 '가련한 여인 이야기'라고 이름 지은 스토리 유형[18]이 있다. 이는 한국의 원형적 스토리의 일종인 '전기적 유형'[19]이나 '영웅의 일생'[20]에 비견되는 '여인의 일생'이라고 할 수 있다. 이상적인 용모, 품성, 재능 등을 지닌 여인이 부당한 수난을 당해 가련하게 살아가다가 행복에 이르거나 불행해지는 스토리이다.

이 스토리 유형에 속하는 도미 부인 설화, 심청 설화, 아랑 전설, 서사무가 「바리공주」 「당금애기」 등은 본래 입말을 매체로 삼은 설화 갈래다. 심청 설화를 예로 들어 살펴보면, 이 구술 설화는 '판'에서의 몸짓과 음악이 더해진 판소리(「심청가」), 인쇄매체의 고소설(「심청전」) 등으로 전용되고 근대에는 시청각 매체를 사용하여 창극, 영화, 오페라 등으로 전용되었다. 라디오가 등장하면 라디오 드라마로, 영화가 등장하면 영화로, 매체가 새로 출현할 때마다 장르가 바뀌며 전용이 이루어진 것이다. 물론 그 과정에서 한의 맺힘-풀림 같은 다른 이야기 모형[21]이 덧붙기도 하고, 여러 다른 설화, 민요, 재담, 일화 따위가 적층積層되거나 첨삭되었다.

한편 이 스토리 유형은 「춘향전」 「사씨남정기」 같은 고소설은 물론, 『혈의 누』(이인직), 『직녀성』(심훈), 『탁류』(채만식), 『인간 문제』(강경애), 『순정해협』(함대훈) 등 근대 시기의 장편소설에서도 많이 발견된다. 그리고 최근까지의 영화, 텔레비전 드

---

18   최시한, 『소설분석방법』, 53쪽.
19   김열규, 『한국민속과 문학연구』, 일조각, 1971, 61쪽.
20   조동일, 『한국 소설의 이론』, 지식산업사, 1977, 246쪽.
21   최시한, 「맺힘-풀림의 이야기 모형에 대한 시론」, 『현대소설의 이야기학』, 337~375쪽.

라마 등에서는 하나의 큰 하위 갈래를 이룰 정도로 그 예가 많다. 이른바 홈드라마류에 흔히 등장해온 '핍박받는 신부'도 이 '가련한 여인' 인물 유형의 하나다.

이야기는 이렇게 끊임없이 다양하게 전용된다. 따라서 그에 관한 연구와 교육, 산업 전략 등 역시 이야기의 일반적·본질적 양상을 고려하여 이루어질 필요가 있다. 이렇게 볼 때 이제까지 OSMU 개념은 문화산업을 발전시키기는커녕, 디지털 시대에 부합하는 창조적인 이야기의 연구와 창작 활동을 오히려 가로막고 또 혼란시켰다고 할 수 있다.

먼저 연구 분야에서 할 일을 예로 들어본다.

문화산업 특히 이야기 콘텐츠의 창작을 위한 연구는, 먼저 전용할 가치가 있는 대상의 발견과 그것을 재창조하는 방법에 중점을 두게 된다. 그것은 주로 원형적·유형적인 이야기의 전용 양상에 대한 분석이 될 것이다.

앞에서 나는 한국의 이야기 문화와 예술 전반에 '가련한 여인 이야기'라는 스토리 유형을 설정하고 그에 주목할 가치가 있다고 했다. 그렇다면 그 전용의 양상, 즉 이 유형적 스토리 ― 문화의 심층에 존재하면서 줄곧 하나의 모형이 된 ― 가 매체와 장르를 달리하여 전용되면서 어떻게 새로운 의미와 '서술'을 창출해왔는가에 대해 연구할 수 있다. 이는 이제까지 갈래나 유형 연구라는 이름으로 수행되어왔는데, 이 스토리 유형이 앞으로도 전용의 대상으로 과연 가치가 있는가, 있다면 어떻게 전용하는 게 좋은가로 관심을 넓히고 심화할 필요가 있다.

여기서 나아가 이 유형의 스토리를 형성하는 데 동원되는 이데올로기, 가치 의식, 경험, 매체, 기법 등이 시대나 스타일에 따라 어떻게 달라졌는가를 연구함으로써 텍스트를 보다 깊이 있게 해석함은 물론, 전용 작업의 '기획'에 실제적인 도움을 줄 수도 있다. 같은 유형 범주에 드는 텍스트들을 놓고 무엇이 원형이며 그것의 변형transfiguration[22]인가를 따지거나, 어느 특정 텍스트가 OSMU되었는가 따위를 따지는 일은 가능하기도 하나 불가능한 경우도 있으며, 필요하기도 하나 불필요한 경우도 있다. 그것이 의식적으로 이루어졌느냐 무의식적으로 이루어졌느냐, 미적으로 발전했느냐 그렇지 않느냐 등도 연구 목표에 따라 중요성이 달라질 것이다.[23] 요컨대 이야기 콘텐츠의 창작과 연관된 문학 연구는, 특히 유형 혹은 원형의 전용 양상에 주목할 필요가 있다.

한편 이 스토리 유형은 일제강점기의 대중소설, 1960~1980년대의 텔레비전 홈드라마 등과 같이 대중성 짙은 이야기에서 특히 폭넓게 확인된다. 이 점을 문학적 전용의 맥락에서 나아가, 문화사적 전승이나 가부장제 이데올로기의 억압을 해소하는 사회적 이야기

---

22 '원형'은 노스럽 프라이, '변형'은 치올콥스키가 사용한 개념이다. 데오도르 치올콥스키, 『성자에서 민중으로』, 고진하 옮김, 세계사, 1990.

23 가령 앞에 언급한 채만식의 『탁류』는 심청 설화와 근친성이 높다는 주장이 있다. 이 작품을 '가련한 여인 이야기' 스토리 유형의 원형이 내포된 심청 이야기 작품군의 하나임을 밝히는 데 그치지 않고 그 유형이 리얼리즘적으로 전용된 장편소설 형태로서 다룬다면, 앞으로 '가련한 여인 이야기'를 새로운 형태로 전용하는 데 이바지하는 바가 있을 것이다. 한편 콘텐츠 분야에서 중시하는 이른바 '문화 원형'이란 과연 무엇이며, 어떤 요소가 어떻게 존재해야 '원형적' 관련성을 논의할 수 있는지, 그와 '전용'은 어떤 관계에 있는지 등은 더 자세히 살펴볼 문제다.

장치의 맥락에서 다룰 수도 있다. 또한 「국경의 밤」 「승천하는 청춘」(김동환), 「아낙네의 일생」(김억) 등과 같은 일제강점기 서사시가, 새로운 시의 형식을 창출하면서 왜 굳이 이 가련한 여인 이야기를 전용했는가, 오늘의 영화가 대중성을 더하고자 할 때 어째서 가련한 여인을 등장시키곤 하는가 등을 살피는 일은, 이 스토리 유형을 낳은 사상적 전통이나 집단 무의식을 드러내고 그것이 목적에 따라 작용하는 양상을 밝히는 작업이 될 수 있다. 물론 이러한 인문학적 연구들은 구술매체 시대부터 환영받아온 — 적어도 한국에서는 '수익 창출'에 매우 도움이 될 — 이 스토리 유형을 '제2 구술 시대'의 텍스트 산출에 활용하는 데 많은 도움을 줄 것이다.[24]

다음으로 이야기 콘텐츠의 창작을 위한 스토리텔링 교육에서 다루어야 할 내용과 방법에 대해 살펴보자. 이것은 이 책 전반에 걸쳐 살펴온 스토리텔링 교육의 방향, 기본 성격, 갈래별 지도 내용과 방법 등의 맥락에서, 특히 실제 서술 기법과 창작자의 능력을 향상시키는 데 중요하다고 여겨지는 몇 가지를 종합하여 추가하는 것이다.

스토리텔링 교육은, 첫째 자료의 해석과 전용에 필요한 외적 상황 분석 및 제재 분석을 중요시해야 한다. 앞의 제5장 2절에서 살폈듯이, 정보적(실용적) 이야기 창작은 '이야기의 상황'에서 외적 상황 — 담화 환경, 산업적 목적, 사회 현실, 수용자층의 문화

---

24 이와 같은 맥락에서 근래의 다음 연구들은 많은 참고가 된다. 이재선, 『테마틱스 한국문학』, 서강대학교 출판부, 2018; 권순긍, 『헌 집 줄게 새집 다오』, 소명출판, 2019.

적 특성, 제작 여건, 홍보 환경 등─에 크게 좌우되므로 그에 대한 분석이 필요하다. 한편 제재 분석은 창작하려는 이야기의 초점과 주제를 설정하는 일로서, 이야기 자체의 내적 구조에 관한 분석 작업이다. 전용의 경우에는 전용할 대상 텍스트의 의미 구조 분석이 이에 포함된다. 외적 상황 분석이 스토리텔링의 목적이나 경영 전략을 수립하기 위한 것이라면, 제재 분석은 그것을 바탕으로 콘텐츠의 구조를 구축함으로써 둘을 일관되게 하는 일이다. 표현적 이야기의 경우, 그것은 감상자를 사로잡을 스토리의 '처음상황,' 그리고 서술을 박진감 있게 할 '서술의 상황'을 설정하는 일과 직결된다.

둘째, 기존의 각종 이야기 예술이 발전시켜온 고급의 스토리텔링 기법을 교육 내용으로 수용한다. 이는 그것을 활용하여 창작 기법을 세련시키기 위한 것이다. 자본이 문화 상품의 질을 높이고 소비를 촉진하기 위해 고급의 기법을 이용하고 있고, 따라서 대중적인 것과 예술적인 것의 경계가 무너지고 있다. 이러한 현실에서 대중적·실용적인 것을 낮추어 보는 전통적 인식도 바뀌어야 하지만, 그것의 질을 높이려는 노력 역시 강화되어야 한다.

셋째, '대본'이라는 글의 갈래를 새로 설정하고 교육 내용에 넣을 필요가 있다. 다중매체 시대의 이야기 콘텐츠는 기본적으로 제작 과정을 거친다. 따라서 '원고' 혹은 '원작'과 함께 제작을 위한 바탕글 혹은 자료가 필요한데, 여기에 해당하는 각종 글 종류를 싸잡는 개념이 대본이다. 이는 정보나 착상을 완성물로 제작하기 위한 것이요, 대부분 어떤 공간(배경)에서 벌어지는 대화와 행동 서술 위주의, 글과 그림으로 된 것이다. 구성 작가, 각색가 등은 이를 담당한 전통적 작가들이다.

예전부터 희곡, 시나리오, 드라마 대본, 오페라 대본 등은 본래 공연, 제작, 연출 등의 '대본'으로서 독자적인 문학적 가치를 인정받아왔다. 그것들은 문화산업 시대를 맞아 폭발적으로 늘어나고 다양해진 여러 이야기 콘텐츠의 원조이자 그 일종이다. 여기서 그 종류를 모두 싸잡는 개념으로 확장하여 제시하는 대본 개념은, 전통적인 대본은 물론이요 각종 영상물의 시나리오, 콘티, 웹툰의 바탕글, 뮤지컬의 안무 계획서, 스토리가 있는 영상 광고나 뮤직비디오의 스토리보드, 다큐멘터리 구성안, 이야기 게임 기획안 등을 함께 묶어서 체계적으로 교육할 수 있도록 도와줄 것이다. 제작이 어려운 교실 수업 현장에서는 제작 연습이 대본 쓰기 위주로 이루어지기 쉬우므로, 이 개념과 단계를 설정하고 지도 방법을 궁리함이 바람직하다.

넷째, 스토리 구상에 '갈등을 내포한 처음상황' 설정 교육이 필요하듯이, 스토리를 서술하는(서술로 바꾸는) 방법으로 '인상적인 상황' '결정적 장면' 등을 중요시하게끔 지도할 필요가 있다. 그것은 서술에 변화를 주고 극적 효과도 높여줄 것이다.

다섯째, 이야기 행위의 본질을 이해하고 인간과 삶에 대해 풍부한 상상력과 감수성을 지닌 이야기 콘텐츠 창작 전문가를 양성해야 한다. 그는 예리한 자료 발굴 안목과 해석 능력을 함께 지니고 있다. 앞의 이야기 전용 양상에서 짐작할 수 있듯이, 자료에 담긴 문화와 삶의 무늬를 포착하고 다중매체를 활용하여 주체성 있고 창의적인 이야기 콘텐츠를 창작하기 위해서는 그러한 능력이 반드시 요구되는 까닭이다.

이러한 주장을 중등학교 '국어교육'에 맞추어 간추려 진술해 보면 이렇다—국어과 교육과정의 내용 영역에 '이야기 담화' '대본' '전용' 등을 중요한 하나의 범주나 핵심적 개념으로 설정하고, 그와 관련된 다중매체 시대의 다양한 담화와 학습활동을 교재에 넣어 다루어야 한다. 2015개정 교육과정 중등학교 국어과 문학 영역의 내용에는 "문학작품을 다른 갈래와 매체로 재구성"[25]하는 활동이 설정되어 있다. 문학 중심주의에 매여 있고 OSMU를 의식한 듯한 '재구성'이라는 말이 매우 애매하지만, 이는 근래 교육에 연극을 도입하는 흐름과 같은 맥락에 있는 것으로 보인다. 이러한 시도들은 적절하고 충분하지는 않으나, 변화된 환경에 맞추어 글말로 쓰기를 하는 이야기문학에서 나아가, 다중매체로 제작되는 다양한 이야기 양식의 창작을 국어과 교육의 대상으로 새롭게 의식한 결과로 보인다. 이렇게 교육 대상을 확대할 때 필요한 개념이 '이야기 담화'요 '대본'이다.

콘텐츠는 정보의 참고서식 집적물이 아니다. 그것을 자료로 하여 창조적 상상과 미적 감수성으로 창출해낸, 새롭고 의미 있는 창작물이어야 한다.

문화는 본래 융합적이며 인간의 창의성을 요구하므로, 문화 산업은 일반 산업과 다른 창조산업이요 거기에 투여하는 노동은 창의노동이다. 따라서 그와 연관된 연구와 교육 역시 여러 학문을 종합하는 창의적이고 통섭적인 노력을 요구한다. 기발한 아이

---

25   교육부 고시 제201574, 53~55쪽.

디어가 있다거나 제작에 필요한 첨단 기술을 갖추었다 해서 세련되고 감동적인 콘텐츠가 창출되지는 않는다. 개인의 창의력이 중요하고, 인간과 사회의 여러 맥락이 중층적으로 연관되는 문화 상품의 특수성에 대한 인식이 필요하다.

탁월한 콘텐츠는 섬세하고 세련된 형태로 새로운 삶의 진실을 드러내는, '예술품에 가까운 문화 상품'이다. 따라서 그것을 문화 활동의 창조적 산물로 바라보면서, 창작하고 수용하는 행위와 그 과정에 관한 이론과 교육 방법을 개발해야 공동체의 문화 수준을 향상시킬 수 있다. 그 속에서 질 높은 콘텐츠가 산출될 때, 그때 비로소 바람직한 OSMU는 시작될 것이다.

제8장

창조적 콘텐츠를 위하여

1

'인문학 바람'의 공허함

2010년대 중반부터 한국 사회에 '인문학 바람'이 불기 시작했다. 이 바람은 정부와 대학이 주도하고 방송, 출판이 덩달아 일으키는 것처럼 보인다. 거기에 자주 등장하는 단어가 교양, 고전, 인성, 문화, 소양, 융합, 통섭 등이다.

인문학은 인간의 본질과 삶의 의미를 탐색하므로 그에 대한 관심은 물론 클수록 좋다. 그런데 이 '바람'에는 많은 문제점이 뒤엉켜 있는 듯하다. 전담하는 조직이 여러 곳에 생기고 글쓰기, 교양교육, 수사 이론 등을 연구하는 단체들이 결성되어 연구와 교육에 힘쓰고 있지만, 공허한 면이 많아 보인다. 방송에서도 적지 않은 시간을 할애하여 이른바 '인문 교양' 프로그램을 내보내고 있으나, 늘 해온 교실 강의를 방송으로 중계하는 수준에 머물고 있다.

관심은 큰데 왜 이런 현상이 생기는 것일까? 여기에는 몇 가지 원인이 있다.

첫째, 인문학에 대한 관심이 주로 그와 거리가 먼 산업적 혹은 경제적 요인에 의해 촉발되었기 때문이다. 바꿔 말하면, 인문학 진흥의 밑바닥에 비인문학적 기도가 깔려 있기 때문이다. 그 기도 자체의 적절성 여부를 떠나, 이 점이 전에도 여러 차례 있었던 비슷한 일들, 가령 중등교육이나 대학교육에 대한 반성의 일환으로 '독서 진작' '교양교육 혁신' 운운하며 벌였던 일들과 근래의 '인문학 바람' 사이의 차이점이다. 사실 '교양교육'과 '인문학교육'은 같지 않은데, 비슷한 것처럼 간주하면서 군이 인문학이라는 말을 빈번히 사용하는 것도 다른 동기가 있기 때문으로 보인다. 그래서인지, 근래 벌어지는 인문학 진흥 활동의 경우 많은 지원금이 오가고 경쟁과 감시도 뒤따르고 있다.

한국은 '잘 살아보세!'만 외치며 살다가 몸은 살쪘지만 마음은 심각하게 병들었다. 마음의 병은 결국 몸마저 병들게 하여 결국 '잘 살기' 어렵게 만든다. 그런데 이것이 단지 윤리나 생리의 문제에 그치지 않고 국가 경제의 문제가 되는 시대가 되었다. 이제 한국 아니 세계의 산업은, 문화산업 혹은 콘텐츠 산업의 비중이 매우 큰 단계로 접어들었는데, 이는 문화적 역량이 빈약하면 발전하기 어렵다. 그래서 정부가 앞장서 오래전부터 이른바 5T의 하나로 CT(문화 기술) 육성 정책을 내세운 것이다. 하지만 전문가가 드문 데다가 정책으로 몰아붙인다고 단기간에 될 일이 아니다. 이렇게 풍토나 기반 자체가 갖춰지지 않은 현실, 한마디로 문화에 관한 문화 자체가 척박한 현실에서 콘텐츠다운 콘텐츠 산업의 진흥을 외쳐보아야 보람을 거두기 어렵다. '인문학 바람' 역시 그 일부로서, 비슷한 상황에 놓여 있다. 그런데도 '하면 된다'주의로 나가면서 단기간에 가시적 성과를 기대하다 보니, 말하자면 '종이(계획서, 논문, 보고서) 위에서만' 이루어지고 실제는 공허해지는 것이다.

둘째, 인문학과 그 교육 자체에 초점을 두고 살펴보면, 그에 대한 인식에 현실성, 합리성 등이 결여되어 있기 때문이다. 한국 전통문화의 바탕을 이루었던 유교 이념은 지금도 인문학적 탐색, 그것이 지향하는 가치 등에 큰 영향을 끼치고 있다. 가령 한국인이 '인성人性'이라는 단어에서 '인간성'을 떠올릴 때, 거기서의 '인간'은 유교적 가치와 수양을 바탕으로 한다. 지금 이것이 잘못이라는 게 아니라, 오늘의 현실에 대한 비판적 인식을 바탕으로 재해석되고 재창조되어야 함을 말하려는 것이다.

다른 예를 들어보면, 인문학 교육에서 흔히 강조하는 '인문 소양'에서 '소양'이라는 말은, 21세기 한국 사회가 지향하는 인간의 내면적 능력이라기보다 내면화되어야 할 것으로 미리 정해진 어떤 유교적 덕목을, 그것도 식민 통치와 독재 시대에 왜곡된 형태의 그것을 가리키는 경향이 짙다. 이러한 문화적 전통이나 인습과 비판적 거리를 확보하지 않은 채, 또 현재 한국 사회가 안고 있는 문제점과 추구하는 이상에 대한 진지한 성찰이 부족한 채, 전통을 수동적으로 따르기만 하거나 당면한 문제에 형식적으로 접근하다 보니 현실과 멀어져 공허해지는 것이다.

앞에서 '합리성의 결여'라는 표현을 썼는데, 인문학 자체에 대한 인식은 물론이고 그것의 교육 방법 또한 그런 면이 있다. 한국은 세계적으로 시험을 중시하는 나라지만, 놀랍게도 인간(의 능력)을 평가하는 시험(도구) 자체에 대한 연구와 투자는 거의 하지 않는다. 또 '교육열'은 세계적으로 높지만 '교육' 자체에 대한 모색은 정책이나 바꾸는 수준에 머물러 있어서 '경쟁은 있되 경쟁력은 없는' 지경에 빠지고 말았다. 중등학교 사회 과목에서 교육은 서비스업의 일종이라고 배우는데, 군사부일체의 전근대적 권위주의와 학벌주의에 편승한 맹목적 경쟁주의에 빠져 '서비스 정신'이 부족해지다 보니, 인문학적 가치를 '전수'하는 것을 넘어 '교육'하기 위한 근대적 방법을 궁리하지 않은 탓이다. 한국 사회에 편만한 '내용이 중요하지 방법이야 아무러면 어떠냐'는 식의 관념이 교육에도 뿌리 깊은 인습을 형성하고 있다.

오늘의 한국 인문학이 지향하는 인간은 어떤 존재인가? 오늘날 한국의 학교에서 교양교육을 담당한 이들이 지향하는 '교양'의 내용, 즉 콘텐츠는 무엇이며, 그것을 교육하기 위해 사용하는 방법은 과연 적합한가? 이는 옛날처럼 선현들의 책을 숭상한다든가, 서양의 어떤 학자가 통섭을 주장했으니 모두 따라가자는 식으로 '과거의 생각'이나 '남의 말'을 중심 삼아서는 답을 구하기 어렵다. 단지 중등학교 조직에 부서 하나를 추가한다든지, 대학에 단과대학이나 연구소를 만든다고 하여 '해결'될 성질의 문제도 아니다. 인문학 전공자들이 시간을 들여 우리의 전통과 현실을 통찰하고 인간에 대해 깊이 사색하면서 추구해갈 문제인 것이다.

그런데 지금 벌어지는 인문학 연구와 관련 교육 활동들은 어떠한가? 중세적 수신교육의 냄새가 짙은 '인성교육법,' 또 독서 능력이 아니라 독서 실적에만 매달리는 중등교육과 대학 입시 따위는 제쳐놓기로 하자. 보다 근본적인 문제 몇 가지를 단도직입적으로, 의문문 형태로 나열해본다.

왜 대학에서 인문학을 교육할 때, '교양'이 아니라 굳이 '기초교양'이라는 말을 쓰는가? 이 말에는 교양은 일반 학문의 '밑'에 있고 '기초교양대학'은 다른 단과대학의 '아래'에 존재하는 것이라는, 교양에 대한 아주 오래된 오해나 몰인식이 여전히 깔려 있는 게 아닌가? 인간을 인간답게 성숙시키는 게 교양이라면, '기초' 따위의 개념을 버리고 '전공'과 분리하거나 단계화하기보다 그것들의 근원적 융합 관계, 상생 관계에 더 주목해야 하지 않는가?

인문학이 이른바 교양의 핵심을 이룬다면 그 이유는 무엇인가? 그것이 흔한 말로 '인문 역량'이나 '인문 소양'을 길러주기 때문이라면 동어반복에 불과한 게 아닌가? 그 '역량'과 '소양'이라는 것의 정체는 무엇이며, 그에 부합하는 교육의 목표, 내용, 자료, 방법 등은 과연 충분히 마련되어 있는가? 그것이 인간을 인간답게 기르기 위한 것이라면 교양 논의에서 왜 고등학생은 전혀 고려하지 않는가? 교양교육에서는 대개 읽기와 쓰기, 사고와 표현 등이 중요시되는데, 그것들은 일단 활동이므로 그 과정에서 벌어지는 대상(제재)과의 이성적·감성적 기제 자체에 대한 연구 없이 자꾸 반복해봐야 보람을 얻기 어렵다. 그에 대한 연구는 교육목표와 학생의 수준에 걸맞게 얼마나 이루어지고 있는가?

이러한 점들을 따져가다 보면, 매사에 기본 혹은 근본을 소홀히 하는 우리 문화의 고질병과 마주치게 된다. 성급함, 불성실함 등으로 바꾸어 표현할 수 있는 이 인습은 무엇보다 언어를 타락시켜서, 말과 계획은 요란하지만 실체가 없어지게 만든다. 예컨대 '인공지능이 미래의 산업을 좌우한다'고 하니까, 지적 지능과 감성적 지능을 아우르는 인간의 정신세계에 대한 인류의 오랜 통찰을 바탕으로 그 쓸모를 고려하지 않은 채, 나중에 어떻게 되든 정체불명의 '전문가'를 앞세워 사업에 뛰어들고 보는 식이다. 이렇게 볼 때 이 인문학 열풍 역시, 우리 사회의 여러 열풍이 그랬듯이, 일회성 유행으로 끝나기 쉬워 보인다. 인문학적 보람을 창출하는 게 아니라 인문학을 소비하는 데 그치며, 사업을 만들어 자리나 예산을 탐내는 이들의 배만 불리고 말 가능성이 있는 것이다.

그러나 오늘의 한국 사회에 인문학적 노력이 얼마나 필요한가는 모두 잘 알고 있다. 앞서 지적했듯이, 이는 국가 경제의 미래와도 직결되어 있어서, 어떤 불길한 파탄의 조짐까지 느끼며 다급하게 인문학으로 고개를 돌리는 사람이 근래 늘어나고 있다. 그러므로 이 '인문학 바람'을 어떻게든 꺼뜨리지 않으면서, 실질적인 보람을 얻도록 지혜를 모아야 할 것이다. "물 갈 때 배질하라"라는 속담이 있다. 동기가 무엇이고 현실이 어떻든 간에, 바람이 불고 있으니 그것을 활용해야 한다.

여기서는 인문학적 능력과 가치를 교육하려면 실제로 어떤 준비를 해야 하는지에 대하여, 주로 대학 초년생 대상의 '교양교육'에 초점을 두어 궁리해보고자 한다. 이는 이제까지 앞에서 살펴온 스토리텔링 교육이 교육 현실의 어떤 문제들을 극복하는 데 필요한가를 인문학 중심으로 확인하는 작업이다. 아울러 그것이 디지털 혁명 시대가 요구하는 창조적 능력을 기르는 데 이바지하도록 하기 위해 먼저 해결해야 할 점들을 점검하고자 한다.

2

인문학 교육을 위해
준비할 일

인문학을 어떻게 정의하든, 그 출발은 사물의 본질을 밝히려는 정신과 인간애를 실천하려는 마음에 있다고 본다. 그런데 한국의 대학 신입생은, '교육열'이라고 하지만 실상은 '출세열'에 사로잡힌 학교와 사회에서 인문학적 추구와 거리가 멀게 길러진 채 대학에 진입한다. 그들이 지니고 있는 지식은 매우 도구적이고 파편적이며, 자기 자신은 물론 인간과 삶에 대한 본질적 앎, 가치 추구 등과 괴리되어 있다. 가령 그들은 사물의 의미를 인식하고 생성하는 고도의 정신 활동인 쓰기와 읽기 능력이 빈약하다. 문자맹文字盲은 면했지만, 많은 사람이 문맥을 이해하지 못하는 문의맹文意盲(내가 『수필로 배우는 글읽기』에서 지어내어 쓴 말)에 가깝다. 그래서 그들에게 언어와 삶, 삶과 학습(학문)은 분리되어 있다. 지식이라는 것 역시 자신의 삶이나 꿈과 괴리된 또 하나의 대상에 불과하다. 이러한 형편의 학생들에게 고전 텍스트를 들이 밀어 봐야 그들은 문자와 실체를 혼동하면서, 지금 여기서 스스로 사물을 인식하고 삶을 향상시킬 비판적·창조적 활동은커녕 어려서부터 해온 외우기와 짜깁기를 되풀이할 뿐이다. 따라서 그들의 보고서와 논문은 창의적 상상력을 펼치기보다 파편적인 (지식이라기보다) 정보의 짜깁기에 그치고 만다. 지적인 노력 전반이 인간애와 사물에 대한 탐구심이 결여된 채 이루어지는 경향이 심한 한국에서, 비단 그들에게만 해당되는 것은 아니지만 말이다.

이러한 사정을 고려하여, 여기서 나는 창조력을 기르는 인문학 교육을 위해 '준비'할 바를 크게 세 가지로 나누어 살피고자 한다.

1) 교육 자료의 언어와 내용 측면

앞서 인문학적 소양을 기르는 데 필요한 읽기와 쓰기 능력이 대학 초년생에게 부족하다는 지적을 했다. 그것은 물론 중등학교 과정에서 체험과 자료를 바탕으로 '자습自習'하는 힘은 기르지 않고 자습서를 외우기만 하여, 언어 및 사고 능력을 기르지 못했기 때문이다. 그러므로 대학 초년생이 동서양의 인문학 고전을 읽어 소화하고 그것을 바탕으로 깊이 있고 세련된 언어를 구사하게 하려는 시도는, 냉정하게 말하면 우격다짐이나 환상에 가깝다. 국가기관인 국립국어원의 '국어' 정책마저 문해력을 소홀히 하는 터이므로, 중등학교 교육이 혁명적으로 개선되기를 기대하기 어렵다면, 지금 대학에서는 무엇을 해야 할까?

우선 교육 자료를 학생의 수준에 적합하게 마련해야 한다. 현재 일정한 수준을 갖춘 인문학 교육 관련 자료(책, 논문, 잡지 등) 가운데 1970년대 이전에 출간된 것은 일단 사용하기 곤란하다. 세로쓰기 편집, 인쇄의 조악함 등도 문제지만 한자가 섞여 있어서 그렇다. 한편 번역서의 경우에는 1970년대 이후의 것이라도 번역, 해제 등이 충실하지 않은 책들이 많아 면밀히 검토할 필요가 있다. '권장도서목록은 그것을 작성한 사람이 책을 얼마나 읽지 않았는가를 증명하는 목록'이라고 비아냥대는 말이 있다. 실제 텍스트의 적합성을 따져보면, 적합한 목록인지 자세히 점검해보고 작성한 것 같지 않은 책이 없지 않다.

여기서 동서양 고전의 번역 문제를 따로 짚고 넘어갈 필요가 있다. 7~8세기의 이슬람 문화권, 19세기의 일본 등이 번역을 중시하여 문화를 비약적으로 발전시켰던 역사적 사실로부터 한국은 전혀 배운 바가 없다. 번역의 어려움과 중요성에 대해 우리가 얼마나 무지한가는, 번역을 연구 업적으로 인정하는 데 인색하며, 학자들이 전공 서적을 사명감 있게 번역해내지 않는 것만 보아도 알 수 있다. 한마디로 학생들에게 권하는 책의 번역이 잘못되었거나 문장이 어색하여 읽기 어려우며, 심지어는 독자가 적어 구매하기 어려운 상태에 놓인 것도 많다. '원전주의' '정전주의'에 사로잡혀 무조건 읽으라고만 할 형편이 아닌 것이다.

고전을 떠나 외국의 논문이나 저술을 자료로 삼을 경우에는, 기본 개념을 잘못 쓰거나 우리말로 알맞게 옮기지 않고 외국어를 그대로 사용한 경우가 많아 주의할 필요가 있다. 한국어로 번역되고 재정의되지 않으면 한국 문화의 지식이 아니라는 극단적인 주장을 하려는 것은 아니나, 맹목적 원전주의의 형제인 맹목적 '원문주의'는 거의 한국 학문의 독자성과 창의성을 포기한 듯한 지경에까지 이르렀다. 한국어는 학문에 적합하지 않다는 열등감, 한국어는 조어 능력이 부족하다는 터무니없는 자포자기가 심각한 상황이기에, 참고 자료를 고르거나 설명하는 말을 택할 때 유의할 점이 많다. 학자는 몰라도 교수자는 외국 이론 수입상에 머물러서는 안 되기 때문이다.

한국의 말과 글을 사랑하자는 소박한 주장을 하려는 게 아니다. 외국의 개념에 충실하고자 할 경우, 가까운 한국어를 확장·변용하여 번역하면 한국어의 개념이 넓어지고 학술어로서 가치가 높아진다는 점, 그리고 한국인(학생)의 이해와 창의적 활용 가능성이 비약적으로 향상된다는 점을 말하고 싶은 것이다. 외국의 책이나 자료, 개념을 가지고 교육할 때, 어떻게든 한국어로 번역하고 그것을 활용해야 '교육 효용의 법칙'(그런 게 있다면)에 부합됨을 강조하고 싶다.

학생의 언어 능력과 사고 능력이 부족하고 시간도 제한되어 있는데, 자료까지 문제점이 많다면 지금 당장 어떻게 해야 하는가? 여기서 교재 개발에 힘써야 한다는 주장을 하고 싶다. 이미 있는 자료를 그냥 모아서 쓸 게 아니라 학생의 수준과 교육목표에 맞추어 발췌, 재진술(다시 쓰기, 고쳐 번역하기), 입체화(융합 혹은 연관 짓기, 재초점화) 등을 해서 교육의 내용과 방법을 구조화하여 교재를 만드는 것이다. 이때 필요한 도구적 개념이 앞에서 줄곧 중요시해온 '담화'와 '제재'다. 담화와 그것의 초점을 형성하는 제재는 학문의 영역, 인간의 정신 능력, 소통과 표현의 형식

등을 종합적으로 관련짓기에(이른바 '융복합'하기에) 적절한 층위이자 개념이기 때문이다. 다루어야 할 중심적 제재를 교육목표와 현실 상황을 고려하여 구체화하고(예: 소통→사회계층 간의 소통→신문 기사에 나타난 한국 사회계층 간 소통 부재의 원인……), 거기에 기르고자 하는 정신 능력(추리력, 상상력, 비판적 사고력 등)을 체계적으로 교직하면, 자료의 핵심 대목 발췌와 재진술, 학습활동 설계 등이 비교적 짜임새 있게 이루어질 수 있을 것이다. 그때 이야기 양식과 스토리텔링을 적극 활용함이 바람직하다는 점은, 앞에서 이미 살폈기에 더 언급하지 않는다.

　교재 작업을 하면, 번역이 그렇듯이, 교수자들한테는 그것을 연구 업적으로 인정해주지 않는 현실과 싸우는 일이 뒤따른다. 이 역시 우리가 얼마나 교육의 방법에 대해 등한한가, '교육 서비스' 정신이 모자란가를 보여주는 예다.

2) 표현의 양식과 매체 측면

　'국어'를 지식이 아닌 능력 중심의 교과로 파악할 때, 그 교육은 매우 달라진다. 사고와 정서, 이성과 감성 등의 내면 활동과 언어의 밀접한 관계가 회복되어, 예를 들면 표현(말하기, 쓰기)과 사고(생각하기, 느끼기)가 하나로 연결된다. 근래에 대학에서 중등학교 '국어'의 연장선상에 있던 '교양국어'라는 과목이 사라지고 그 자리에 다른 과목들이 들어섰는데, 명칭이야 무엇이든 대부분 언어 능력과 사고 능력 기르기를 기본으로 삼는다. 문제는 이 과목들이 이름만 바뀌었지, 이전처럼 능력 중심이 아닌 경향이 짙다는 점이다.

여기서 한국 문화에 수사학의 전통이 빈약함을 기억할 필요가 있다. 한국 교육계에는, 사고 및 정서와 그 표현은 하나이며, 운동으로 육체를 발달시키듯이 생각하고 느끼는 내면적 능력은 언어로써 발달시킬 수 있다는 사실에 대한 인식이 매우 낮다. 뿐만 아니라 진실은 알기 어렵고, 함께 살아가려면 토론과 토의를 통해 합의를 도출하거나 계약을 맺는 게 합리적이라는 사회적 인식 또한 뿌리박혀 있지 않다. 그래서 논쟁이 벌어지면 속된 말로 '너나 내나' 타령으로 끝나서 모든 말이 물거품이 되는 경우가 많다. 문체론이 발달하지 못하고, 문장가가 있어도 대접을 해주지 않는 현실이 그것을 뚜렷이 보여준다.

언어를 가지고 사물을 인식하며 인간적 가치의 창출 능력을 기르는 일은, 언어로써 전달할 내용을 설정하는 일과 함께, 어쩌면 그에 앞서 궁리할 문제다. 여기서는 언어 훈련을 통해 내면 능력을 기르는 데 소홀하다 보니 흔히 간과하는 것들 가운데 두 가지인 담화의 갈래와 매체에 관하여 간단히 언급하고자 한다.

담화의 상위 갈래와 하위 갈래인 양식과 장르는, 단지 외적 형태만 가리키는 게 아니라 그 내적 논리, 구조화의 원리 등을 아울러 가리킨다. 일인칭소설을 자서전과 혼동할 리는 없지만, 논증적인 담화를 설명적인 담화처럼 풀이한다든지, 경수필 갈래의 담화를 중수필이나 논설문 갈래의 특성 위주로 지도하고 평가한다면 근본적으로 부적절하다. 상상적 표현을 지시적으로 해석하거나 비평하며, 이야기의 인과성과 논술(논증)의 인과성을 구별하지 않는다면, 교수자나 학생 모두 혼란에 빠질 것이다.

한마디로 '어떻게'(표현 방식)에 관한 고려 없이 '무엇'(내용) 중심으로 이루어지는 한국의 교육은, 자료를 적절히 읽도록 이끌지 못할뿐더러 표현 능력을 정밀하게 다듬고 세련시키기 어렵다. 수사학의 전통이 빈약하여 표현 양식에 대한 관심이 적고, 관련 사전은커녕 용어조차 확립되어 있지 않은 실정이므로 이는 거듭 강조할 필요가 있다.

한편, 오늘날 같은 다중매체 시대에는 담화의 매체를 다양화하고 각 매체의 담화적 특성과 문법에 관해서도 교육해야 한다. 각종 '매체의 언어'를 '읽고 표현할' 줄 아는 능력을 길러야 하는 것이다. 예를 들어보자. 문해력 즉 글을 읽고 쓰는 능력에 더해 영상 문해력이 중요해졌으므로, 이른바 영상 언어가 또 하나의 언어가 되어가고 있다. 가령 서구의 영화에서 음식을 먹는 모습은 기독교적 맥락에서 볼 때 탐욕을 환기하여 인물의 부정적 이미지를 강화하는 경우가 많다. 또 그 모습을 카메라가 어떤 각도에서 촬영하느냐에 따라 효과가 달라진다. 교육이 이러한 이미지 혹은 시각 언어의 기호적 특성과 문법 따위를 교육해야 하는 시대, 한마디로 원고지를 버리고 모니터의 가상공간을 소통은 물론 문화 활동 공간으로 만들게끔 이끌어야 하는 시대이다.

표현의 양식과 매체 측면에서 인문학 교육을 새로이 준비하고자 할 때 유의할 할 점들을 간략히 살폈다. 이러한 점들을 종합적으로 고려하면서 교육에 반영할 때 가장 중요한 것이 바로 이야기 양식과 스토리텔링이다.

3) 가치 의식 측면

가치의 문제는 인문학적 추구의 핵심에 놓여 있다. 한국이 '잘 먹고 살게' 되었어도 사회 공동체로서 위기에 빠진 것은 무엇보다 가치문제를 외면한 탓으로 보인다. 따라서 인문학 교육에 대해 논의하면서 이 점에 대해 조금이나마 언급하지 않을 수 없다.

지금 여기서 주로 사용하는 말은 '가치'가 아니라 '가치 의식'이다. 학교가 한 사회의 특정 가치를 전수하거나 의식화하는 기능을 맡고 있음은 사실이나, 기존의 가치를 비판하고 새로운 가치를 창출하는 기능 또한 맡고 있다. 특히 대학은 이 비판적·반성적 기능에 무게를 둔다. 따라서 대학에서는 '가치'를 교육한다기보다 '가치 의식'을 교육한다고 할 수 있다. 대학은 기존의 가치를 의심하면서 무엇이 진정으로 가치 있는 것인가를 끊임없이 찾고 궁리하는 내면적 능력과 태도를 기른다. 대학 교양교육의 목표 가운데 하나가 '인문학적 소양'을 기르는 데 있다고 할 때, 그에 해당하는 것 중 하나가 바로 이 가치 의식이다.

따라서 교수자는 권위주의적 태도를 버리고, 인문학 교육의 진정한 '효용'이 인간의 정신 능력과 가치 의식을 기르는 데 있음을 기억하면서, 단계적 지도 프로그램을 개발할 필요가 있다. 반세기 동안에 농업 사회에서 산업 사회로 진입한 한국은 극심한 가치의 혼란을 겪고 있는데, 이를 객관적으로 인식하면서 바람직한 가치를 생성하기 위한 가치 의식을 함양하는 작업, 다시 말해 가치 교육 문제를 특정 이념이나 도덕의 전수가 아니라 윤리적 이성과 감성의 계발 문제로 인식하는 전환이 필요하다. 그리하여 규범적으로 옳고 그름이나 맞고 틀림 이전에 '윤리적 감수성의 인간다움'을 추구하는 인문학 교육이 자리 잡도록 해야 할 것이다. 이러한 맥락에서, 앞서 스토리텔링 교육의 목표 중 하나를 공공성 혹은 공공 의식의 증진에 둔 바 있다.

3

실학을 위한 스토리텔링

나는 이른바 '한글 세대'다. 해방 후에 태어나 어려서부터 한국어로 공부한 거의 첫 세대다. 또 어려서는 궁핍했지만 산업화, 도시화의 열풍을 타고 '서울로, 서울로' 모여들어 경제개발의 과일을 따먹은 세대이기도 하다. 한편으로는 입시 지옥을 통과하면서 '전과'(자습서의 옛 이름)를 우상 모시듯 숭배하면 '출세'가 보장됨을 뼛속 깊이 체험한 세대이기도 하다.

이 세대의 한 사람으로 살아오면서, 자주 미래를 낙관하지 못하는 우울에 빠지곤 했다. 대다수 사람들이 조각 지식만 암기하고 도무지 내면을 돌보지 않으며, 교육 또한 내면적 능력을 기르는 데 관심이 적어 보였기 때문이다. 콘텐츠 창작의 경우, 그것이 정보를 모으는 데 머물지 않고 해석하며 창조하는 활동이기에 사고력, 상상력 등의 내면적 능력이 부족하면 높은 수준을 기대하기 어렵다. 이제까지 스토리텔링 교육을 이야기 양식과 디지털 혁명 시대의 매체 환경 중심으로 논의해온 것은, 그것이 시대 변화에 부응하는 중심적 분야이자, 관련 활동을 한 단계 끌어올리는 교육 방법이기 때문이다.

자료, 정보, 아이디어 등과 완성된 콘텐츠 사이의 창작 및 제작 과정에서 '콘텐츠 창작자'라는 전문가 혹은 직업이 등장하고 있다. 디지털 혁명이 가져온 결과이기도 하지만, 매체의 발달이 오히려 자료와 정보의 문해력을 떨어뜨린 데다 각종 도구의 활용 능력까지 필요로 하기 때문에 더욱 요구가 커진 것이다. 그 분야에서 창조적 콘텐츠를 창작하는 데 요긴한 핵심적 능력이 스토리텔링 능력이다.

한국의 교육은 왜 정보나 지식을 암기하고 쌓아놓는 데서 멈추는가? 외국인이 쓴 『정의』라는 책에는 관심이 몰리면서 왜 사고력과 표현력을 기르는 수업에서 '정의'라는 제재를 다루는 예가 드문가? 민주주의 원리 가운데 하나가 타협과 계약임을 알면서도, 어째서 그 뜻도 애매해진 '의리義理'를 앞세워 공적인 것을 사유화하는 한국인의 인습을, 이성적·감성적 능력의 교육을 통해 개혁하려 들지 않는가? 모든 것은 본래 융합되어 있고 따로 배워도 속에 들어가면 융합되게 마련이므로, 융합 운운한다면 현실이 그로부터 얼마나, 왜 멀어졌는가를 되돌아보는 게 순서인데, '융합교육 프로젝트' 같은 것에 참여하면서 왜 그런 기본적인 것을 먼저 사유하지 않는가?

한국 사회는 너무 오랫동안 소유에만 정신을 쏟다가, 자기가 자기의 주인답게 살기를 잊은 듯하다. 이제 움츠러든 영혼을 깨위, 다시 실학을 시작할 때다. 스토리텔링 교육은 그에 매우 적합한 방법의 하나이다.

역사문화 콘텐츠의 관광자원화

— '비거 이야기' 테마 공원의 경우

담화의 지배적 양식이 이야기이므로, 오늘날 콘텐츠의 대부분은 이야기를 활용하고 응용하는 '이야기 콘텐츠'이다. 근래 크게 부상한 웹툰, 역할수행게임RPG, 다큐멘터리, 텔레비전 드라마, 뮤지컬 등도 이야기물이며, 캐릭터 상품, 테마 공원 등도 이야기를 바탕으로 디자인하고 설계한 문화산업 생산물의 일종이다. 한마디로 이야기와 이야기 행위(스토리텔링)는 디지털 혁명 시대의 주요 담화 양식이자 활동이며, 문화산업에 필요한 콘텐츠와 문화기술CT의 핵심을 이루고 있다.

이 글은 '비거飛車 이야기'(라고 부르는 것)가 이야기로서 어떤 내용과 성격을 지니고 있으며, 테마 공원 형태의 지자체 공익사업 혹은 '관광자원화'에 과연 적합한 역사문화 이야기 콘텐츠인가를 논의하기 위한 것이다.[1]

---

1   경남 진주시는 2020년 1월 17일 '비거 관광자원화 활용 방안 공청회'를 연 이후, 비거 이야기를 바탕으로 테마 공원을 추진하고 있다. 이 글은 그 사업을 놓고 (사)진주문화연구소가 9월 16일 주최한 학술토론회('비거 이야기의 과학과 문화')에서 발표한 것을 바탕으로 한다(서경방송SCS 2020년 9월 28일 방영).

1

이야기의 종류와 엉클어짐

모든 사물은 사건 속에, 이야기의 일부로서 존재한다. 비거 역시 마찬가지이다. 그것을 가지고 무슨 사업을 하든지 '비거'는 '비거 이야기'를 대상 혹은 배경으로 삼지 않을 수 없다. 단순히 책을 출판하는 데 그치지 않고, 방문자가 어떤 공간에서 활동을 하게끔 만드는 전시나 테마 공원 같은 체험 공간을 설계할 경우, 그 스토리 자체가 사업 전체를 통해 구현될 원천 소스 혹은 핵심 콘텐츠에 해당하므로 '기본 스토리'를 설정하고 그 내용을 깊이 분석해야 한다. 무슨 이야기를 가지고, 그것을 통해 어떤 '테마'나 메시지를 체험시키며 전달할 것인지가 분명하지 않은 채 사업을 벌인다면 사상누각이 되거나 엉뚱한 결과가 나올 수 있다. 근래에 학술적으로 검토하고 합리적으로 설계하지 않은 채 착수했다가 낭패를 본 경우가 전국에 매우 많다.

그런데 이야기는 종류가 매우 다양하고 성격도 일정하지 않으므로 논의의 방향을 잡기 위해서는 먼저 해당 이야기가 어떤 갈래인지를 검토할 필요가 있다.

이야기는 기준에 따라 여러 가지로 나뉘는데, 여기서 필요한 일부만 들어본다.

① 역사적인(실제 일어난 일을 대상으로 삼은) 것/허구적인 것, (개인이나 집단이) 창작한(꾸며낸) 것

② 기록되어 전하는 것/구전(되다가 기록)된 것

③ 사실적인 것/사실적이지 않은(현실에서 일어날 수 없는, 환상적인) 것

④ 예술적인(예술 장르의 형태를 지닌) 것/일상적인(비예술적인) 것

물론 앞의 특징들은 실제로는 섞인 경우가 많지만, 어느 쪽에 쏠리느냐에 따라 해석과 활용이 같지 않기에, 적어도 어떤 것이 '지배적'인가를 따져야 한다. 비거 이야기와 같이 '전해오는 이야기'일 경우 그것들의 섞임이 심하므로, 우선 그것이 주로 ①, ②, ③의 왼쪽 특징들을 지닌 '역사적 이야기'냐 ①, ②(③)의 오른쪽 특징들을 지닌 '설화(신화+전설+민담)적 이야기'냐를 면밀히 따져봐야 한다.

비거의 존재가 과학적으로 사실인가 아닌가(③)를 검증한 연구들이 있다. 여기서는 비거 관련 정보들에 담긴 내용의 과학적 사실성 문제를 다루지 않고 '비거 이야기' 자체를 분석하되, 먼

저 앞서 언급한 이야기의 두 종류 가운데 어디에 속하는가를 살핀다. '사실성' 문제는 물론 중요하지만, 이어지는 다음의 논의에서 밝혀지듯이, 이야기의 '진실성'(그럴듯함)과 가치는 과학적 사실성에 의해서만 결정되거나 좌우되지 않는다.[2]

역사적 이야기는 역사상 실제로 일어났고, 믿을 만한 자료에 기록된 이야기이다. 역사history 또한 이야기(story가 있는 것)이므로 화자(역사가)에 따라 달라지기는 하지만, 스토리 자체나 그 의미와 가치에 대한 논란의 여지가 적다. 따라서 가령 경남 고성군의 '당항포 관광지'는 충무공의 당항포 승전 이야기 기록을 바탕으로, 그에 내포된 임진왜란 당시의 실제 사건과 충절 정신을 체험시킨다는 테마를 '실현할 목적으로' 설계하면 된다. (관광지, 유원지, 테마 공원 등이 어떤 면에서 서로 같고 다르며, 해당 시설물들이 얼마나 목적에 부합되게 지어졌는가는 별도의 문제다.)

한편 설화적 이야기는 대개 구전되어왔거나 그러다 문자로 기록된 이야기인데, 같은 인물과 사건을 다루더라도 화자나 기록에 따라 일정하지 않고, 다른 이야기와 '절충' 혹은 습합되거나 허구적 요소가 많이 개입된다. 집단이 지었든 개인이 지었든 '창작적인 이야기'이다. 처녀를 제물로 바치는 아득한 옛날의 인신공양 행위를 제재로 심청 설화가 생겼는데, 그것이 다시 판소리 「심청가」, 소설 『심청전』, 오페라 「심청」 등의 예술적 이야기(④)로 오랜 세월 거듭 전용 혹은 재창작되는 과정을 보면, 이런 이야기

---

2   이는 삶(현실, 역사)의 진리와 이야기 혹은 예술의 진실 사이의 밀고 당김에 관한 오랜 논쟁과 관련된 것이다.

는 역사적 이야기와 달리 접근해야 함을 짐작할 수 있다. 인신공양이 역사적으로 실재한 사건이냐(①), 맹인이 눈을 뜬다는 게 있을 수 있는 사건이냐(③)와 같은 의문을 제기할 수 있지만, 사람들은 그러지 않는다. 그러기는커녕 그 이야기를 좋아하여 계속 재창작(스토리텔링)되도록 한다. 거기서 중요한 것은 역사성이나 사실성이 아니라, 왜 그 이야기가 만들어지고 계속 구연 및 재창작되느냐, 즉 그에 함축되어 있고 그것을 오랜 세월 즐겨 스토리텔링해온 행위에 내포된 인간적 진실이 무엇이냐이다. 이야기밖의 실제 대상에 근거한 역사적·사실적 가치보다, 이야기 자체의 의미와 그 스토리텔링 행위의 문화적·인간적 가치가 중요시되는 것이다. 전자가 비교적 단일하고 고정적이라면, 후자는 다양하고 유동적이며 상상력이 크게 작용한다. 요컨대 설화적 이야기는 실제 존재해서라기보다 좋아하고 원하기 때문에 존재하는 이야기이다. 그것의 '이야기 논리'와 '이야기 가치'(넓은 의미의 테마, 기능)는 사물의 실상보다 스토리텔링에 참여하는 이들의 욕망과 문화에 따른다.

설화적 이야기는 허구성이 개입되기에, 역사적 이야기에 비해 가치가 적거나 허무맹랑하다고 생각하는 사람이 있는데, 이는 '이야기 가치'라는 것을 한 가지만 고집하는 노릇이다. 우리는 설화적 이야기의 전통 속에서 애초부터 대놓고 허구라고 하는 소설, 희곡, 영화 등의 이야기 작품들을 역사적 이야기 못지않게 중요시할 뿐 아니라 예술로 우대하기까지 한다. 그리고 그 허구적 이야기의 배경이 현실에 실제로 있는 공간이라면(그것을 가져다 활용한 것이라면), 사람들은 거기까지 찾아가 '실제처럼' 체험하기를 원한다. 『토지』의 배경을 박경리는 경남 하동군 평사리로 꾸며서 설정했는데, 하동군이 거기에 있지도 않았던 최 참판 집을 지어놓자 사람의 발길이 끊이지 않는다. 하지만 그곳을 방문하는 사람들이 허구를 사실로 믿어서 그러는 것은 아니다. 남원 광한루에는 소설 속 존재인 춘향의 사당을 짓고 초상까지 모셔놓았는데, 그 경우 역시 마찬가지다. 그 장소나 인물을 사실로 믿어서라기보다 최서희나 성춘향 '이야기'에 내포된 가치 — 예컨대 과거 조상들의 삶과 문화에 관한 앎, 여성이 온갖 수난을 이겨내며 삶을 개척하는 용기, 재능, 의지 등 — 를 더 생생하게 체험하고자 하는 것이다. 광한루, 최 참판 집 같은 '테마 공원'은, 관련 이야기가 설화적 혹은 허구적이지만 문화적 가치와 상징성을 지녔기에 그렇게 생기고 존속된다. 그리고 점점 더 길고 다채로운 예술적 이야기의 원천이 된다. 문화적 맥락에서 지닌 '진실성'과 공동체적 혹은 공공적 의의가 그들을 존재하게 하고 또 가치 있게 하는 것이다.

역사적 근거가 빈약해도, 어떤 설화적 이야기는 이렇게 역사적 이야기 못지않은, 어떤 면에서 더 풍부한 가치를 지니고 있다. 역사적 이야기가 전달하지 못하는 사실을 전달하고, 불러일으키지 못하는 감感을 동動하게 만들기 때문이다.

그런데 여기서 짚고 갈 점이 두 가지 있다. 첫째, 역사적 이야기가 그렇듯이 설화적 이야기 또한 모두가 그런 가치와 가능성을 지닌 것은 아니므로, 그것을 발전시켜 스토리텔링을 하거나 관련 사업을 벌이려면 그 의미를 해석하고 평가할 합리적 근거와 활용 방법을 마련해야 한다는 점이다. 둘째, 설화적 이야기를 역사적 이야기로 '만들거나' 둘이 뒤섞여 엉클어지는 점이다. 논리 전개의 편의를 위해 둘째 문제를 먼저 다루기로 한다.

두 종류의 이야기가 섞여 왜곡·조작되거나 엉클어지는(착종) 양상은 단순하지 않다. 역사적 이야기가 설화적 요소와 섞여 '설화적'이 되기도 하고, 설화적 이야기를 액면 그대로 역사적 이야기로 오해하는가 하면 의도적으로 그렇게 만들기도 한다.[3] 말하자면 허구를 역사라고 믿거나 사소한 사실을 침소봉대하는 것이다. 이런 현상은 여러 가지 목적 아래, '역사 기록 전쟁'이라는 말이 생길 정도로, 역사적 기록에서조차 드물지 않게 일어난다. 따라서 기록에 남아 있고 역사가가 쓴 글이라고 해서 항상 역사적 사실로 믿기는 어렵다.

근래에는 지자체들이 두 종류의 이야기를 적절히 구별하지 못함은 물론, 설화적 이야기를 '역사적 이야기처럼 만드는' 경우가 많다. 수익 사업일지라도 문화 사업임을 내세우는 게 여러 모로 이롭기에, 역사적 근거가 빈약하고 문화적 가치도 적으며 이야기다운 규모와 세부마저 갖추지 못한 이야기를 가지고 의도적으로 그러는 예가 많다. 그 결과 역사를 왜곡·조작함은 물론, 설계까지 잘못하여 혈세를 낭비하는 흉물을 만들어내기도 한다. 논개와 관련된 예를 들어보면, 논개와 최경회 장군의 주검을 묻었다는 설화를 바탕으로 한 무덤(경남 함양군 서상면 금당리 방지

---

3   비슷한 예로, 전남 장성군의 홍길동 테마 공원이 있다 그 '콘텐츠'는, (『실록』 따위에 기록된) 역사적 이야기 속 실존 인물 홍길동과 소설 『홍길동전』의 홍길동이 착종된 면이 있다.

마을)이 있다.[4] 근래의 대표적인 예로는 충북 보은군이 2019년에 50여 억 원을 들여 완공한 '훈민정음 마당'이 있다. 설화적 요소가 짙은 신미대사 이야기를 바탕으로, 고증이나 객관적 해석을 거치지 않고 그를 한글 창제의 주역으로 '만들어버린' 이 테마 공원은 공익감사의 대상이 되었으며, 결국 감사원의 지적을 받아 올해 초에 고쳐 짓고 '정이품송 공원'으로 아예 이름까지 바꾸었다.[5]

---

4   논개 사당(전북 장수군 장수읍 두산리의 '의암사')과 고향 집(장수군 계내면 대곡리)도 그런 혐의를 벗어나기 어렵다(김수업, 『논개』, 지식산업사, 2001, 90~103쪽 참고).
       이야기를 바탕으로 하지 않고 지어진 '체험형 시설'까지 합하면 전국적으로 실로 거대한 규모의 세금 낭비가 이루어지고 있다. 예를 들면 경북 안동시의 '유교랜드'(유교문화 테마 공원)가 있는데, 이들은 현재 '세금 먹는 하마'라고 비판을 받고 있다(『세계일보』 2020. 7. 26 참고).

5   『연합뉴스』 2020. 5. 25.

2

'비거 이야기'의 성격과
기본 스토리

이제까지 드러난 비거 관련 기록들은 대개 2~3문장이고 길
어야 5문장 내외의 짧은 분량이다.[6] 게다가 그것의 정체, 즉 그 인
물, 사건, 배경 등을 담은 스토리가 일정하지 않은데, 우선 이 점
이 이른바 '비거 이야기'가 앞의 두 종류 가운데 설화적 이야기임
을 말해준다.

현재 '비거 이야기'라는 것은 자료와 사람에 따라 일정하지
않다. 그러므로 사업의 추진을 위해서는 먼저 관련 자료들에 나
타난 정보와 사건을 종합하여 원형적이고 '기본적인 스토리'를 잠
정적으로 설정하는 정본定本 작업을 하지 않을 수 없다.[7] 그래야

---

6   아래의 자료들을 풀어 쓴 근래의 수필류는 생략한다.
7   원본을 알 수 없는 설화, 고소설 등을 연구할 때 많이 쓰는 방법이다.

그 이야기의 내용과 가치, 확장 가능성 등을 밝혀 타당성을 검토하고 설계에도 반영할 수 있다.

현재까지 밝혀진 자료들[8]을 중심으로 작업하되, 스토리 중심으로 원문을 간추려 인용한다.

> **A.** 홍무 연간(1368~1398, 고려 말)에 영남에서 왜구에게 성이 포위되었을 때, 어떤 이가 고을 수령에게 수레(비거) 타는 법을 가르쳐, 성에서 풀려나 단번에 30리를 갔다〔**고 합니다**〕.
> 〔신경준(1712~1781), 「거제책」, 『여암유고旅菴遺稿』〕
> (사건이 벌어진 때로부터 300여 년 후의, 인용처를 밝히지 않은 진술)

> **B.** (**신경준에 따르면**) 임진년에 왜적이 창궐하여 영남의 성이 포위되었을 때 어떤 성주와 친한 사람이 비거를 만들어 날아 들어가 친구를 타게 해 30리 밖으로 적의 예봉을 피하였다〔**고 한다**〕.
> 〔이규경(1778~?), 「비거변증설」, 『오주연문장전산고五洲衍文長箋散稿』〕

> **C.** (**전주 사람 김시양이 말하기를**) 호서湖西 노성(논산)에 사

---

8 역사진주시민모임, 『비거, 진주성을 날았을까』(팸플릿, 2020. 7)에 수록된 자료를 주로 참조함. 이는 진주시청 홍보지 『촉석루』 제88호(2020년 3월)에 수록된 「조선의 비행기 '비거' 진주성을 날다」에서 거론된 자료들을 모두 포함하고 있다.

는 윤달규尹達圭라는 사람은 비거 만드는 기술을 남들에게 알려주지 않았다〔고 한다〕. (……그것을 만들려면 우선 틀을 솔개와 같이 만들고……)

〔이규경(1778~?), 『오주연문장전산고』 인사편〕

D. 임진왜란 당시 경남 진주성이 함락되었을 때 그 지방 정평구鄭平九가 기계를 만들어 공중을 날아 성안에 들어가 자기 친구를 구하였다는 **사적이 역사에 있다.**

(『매일신보』 1914. 8. 21)

E. 정평구는 조선의 비거(비행기) 발명가로, 임진왜란 당시 진주성이 위태할 때 비거로 친구를 구출하여 30리 밖에 내렸다.

(권덕규, 『조선어문경위朝鮮語文經緯』, 광문사, 1924. 영인본, 보고사, 1993, 110~113쪽)

F. **(신경준의 「거제대책」에 가로되)** 임란 중에, 영남의 성이 함락될 참에, 성주와 친한 어느 사람이 비거를 만들어 타고 들어가서 친구를 태워가지고 나와 30리 쯤에 내려놓았다〔고 **한다**〕. (전라도 지방에서는 그를 김제 사람 정평구라고 전하여 온다.)

(최남선, 『고사통』, 1943, 〈육당최남선전집Ⅱ〉, 현암사, 178쪽)

G. ……이 진주의 혈전에서 김제의 정평구가 만들었다는 비거를 써서 포위 중에 외부와 연락을 하였다는 **것도** 이때의

일……

〔진단학회, 『韓國史』, 근세전기편(이상백 집필), 을유문화
사, 1962, 644~645쪽〕

H. 비거-발명가 정평구가 발명하여 1592년 임진왜란 때 진
주 싸움에서 사용하여 외부와 연락하고 어느 성에 갇힌 성주
를 30리 밖으로 탈출하게 하였다고 **한다**.

(한국정신문화연구원, 『민족문화대백과사전 10』, 웅진출판
사, 1991, 634쪽)

I. 정평구는 임진왜란 당시 김시민金時敏의 휘하에서 화약을
다루는 임무를 맡으면서 비거를 만들어 한 번에 30~50리를
날며 식량 보급과 군사 연락용으로 사용했다고 **한다**. 또 비
거를 이용해 경상도 '고성孤城'에 갇혀 있던 성주를 탈출시켰
다고도 한다.

(한국학중앙연구원, 『디지털 김제문화대전』, 2010)

이상의 자료들을 볼 때 다음 사실들을 알 수 있다.

첫째, 신뢰할 만한 정사正史적 기록이 없다. 대체로 야사野史
에 속한다.

최초의 서술 A는 설화적인데, 거기에 B부터 임진왜란, 진주
성, 정평구 등의 역사적 정보가 들어와 '역사화'되고 있으나, 전
체적으로 역사적 가치가 적은 설화적 이야기이다. "사적이 역사
에 있다"라고 하면서 "그 지방〔진주〕 정평구"라는 인물이 처음 등

장하는 D는 필자조차 알 수 없는 신문 기사이다.

둘째, 내용이 일정하지 않아서 공통 요소를 뽑아 '원형적' 혹은 '기본적'인 스토리를 구성하기 어렵다.

A가 신기한 이야기이므로 후대로 올수록, 특히 D(20세기, 일제강점기)부터 국난 극복의 영웅을 바라는 마음으로[9] 다른 설화(정평구 이야기)[10]와 절충된 것으로 보인다.

셋째, 거의가 짧고 단편적이며 사건이 빈약하다. 길고 예술적인 이야기로 발전된 적도 없다. 그만큼 스토리가 약하고 상상의 가능성도 적은 셈이다.

넷째, 널리 퍼져 스토리텔링되어온 이야기라고 보기 어렵다.

비거 이야기는 야사 혹은 설화이면서도 특이하게 진주 지역을 포함한 전국의 설화들을 채록한 '구비설화모음집' 종류에는 등장하지 않는다. 현재의 자료를 보면, 구전되다가 기록된 경우도 물론 있겠지만, 지역의 민중들 간에 전승되었다기보다 주로 '(신경준의) 글에서 글로 전파된' 설화적 이야기인 것이다. 주무대가 되는 진주성 인근의 설화나 진주성 싸움 관련 역사 자료 양쪽 모

---

9   거기에는 "좋은 조상"의 능력을 드러내어 애국심을 북돋우려는 의도가 작용하고 있다.

10   정평구는 실존 인물이지만 과학자도 아니고 진주 지역 사람도 아니다. 설화 속에서 그는 봉이 김선달, 정수동, 정만서 등과 같이 여러 이야기에 거듭 나오는 건달형 혹은 이인형 인물로, 전북 지역 설화에 자주 등장한다. 이상 다음을 참고함. 한정훈, 「설화에 나타난 실존 인물의 의미화와 전승 주체의 의식」, 『구비문학연구』 제36호, 한국구비문학회, 2013. 설화의 전승 과정에서, 신기한 이야기에 특이하고 널리 알려진 인물이 습합되는 경우는 흔하다.

두에 보이지 않는다[11]는 것은, 그만큼 역사성과 보편성이 적은 이야기임을 말해준다.

다섯째, 기록자가 직접 보거나 체험한 것이 아니라 대부분 전해 들은 말투로 되어 있다.

이러한 점들이 걸리지만 논의를 전개하기 위해서는 일단 '비거 이야기'의 기본 스토리를 설정할 필요가 있으므로, 다른 종류의 기술인 C를 제외하고, 자료들의 공통소를 간추려 중심적 사건과 정보를 서술해보면 다음과 같다.

> **어떤 사람이 / 정평구가**
>
> **비거를 만들어서**
>
> **왜적과의 전쟁 때 / 임진왜란 때**
>
> **위태로운 / 함락된 영남의 성에 / 진주성에**
>
> **갇힌 친구를 / 성주를 구출하였다.**
>
> 〔G~I. 그것을 (외부와의 연락 등) 다른 전쟁 수단으로도 썼다.〕

한편 '비거 테마 공원'을 추진하는 진주시에서는 시정 소식지 『촉석루』 제88호(2020년 3월)에 「조선의 비행기 '비거' 진주성을 날다」라는 제목 아래 다음과 같은 글을 실었다.

> 비거는 '조선의 비행기, 또는 바람을 타고 하늘을 나는

---

11   역사진주시민모임, 『비거, 진주성을 날았을까』, 11쪽.

수레'라는 뜻으로 임진왜란 진주성 전투(1592~1593) 때 화약군관이던 정평구에 의하여 발명되어 사용되었다. 당시 진주성 전투의 여러 정황을 극복하고, 성안에 갇힌 성주나 백성들을 구하기 위해 제작되었다. 비거를 통해 외부에 연락을 취하고, 군량을 운반하고, 공중에서 폭약을 터트리는 등 적을 혼란에 빠뜨린 조선의 비행기였다.

이 글은 앞에 열거한 자료들을 뒤섞어 윤색한 것으로서, 특히 가장 최근에 나온 I의 영향을 많이 받은 것으로 보인다.[12] 이 글에는 방금 설정한 기본 스토리가 들어 있으나 그것의 초점 혹은 '테마'가 매우 바뀌었다.[13] 비거가 진주성 전투에서 '백성을 구하고 전투에 도움이 된, 조선 시대에 발명된 비행기'라는 점이 강조되고 있는데, 이는 뜬금없이 나타난 것으로서 이전의 자료들을 바탕으로 가정해온 '비거 이야기' 자체에서 벗어난 것이다. 본래 스토리와 의미 즉 '테마'가 달라진 제3의 이야기라는 말이다. 자의적인 해석과 상상이 개입하면서 엉클어짐, 윤색, 왜곡 등이 일어난 셈이다. 여기서 비거 이야기의 기본 스토리 자체에 내포된 본래의 의미에 대한 분석이 요구된다.

---

12 그 인용처인 『디지털 김제문화대전』은 국가기관인 한국학중앙연구원 주관으로 전국의 향토 자료를 정리하는 사업의 일부이다. 하지만 사업을 맡은 곳에서 기존 자료를 마구 쓸어 담은 경우가 많다. I를 중요시할 경우 그것이 무엇을 근거로 한 것인지, 어째서 진주가 아닌 김제에서 그런 이야기가 나왔는지 등에 대한 연구가 더 필요하다.

13 진주시가 이것을 시정 소식지에 실은 것은, 진주성 맞은편에 있는 망진산 기슭에 '비거 테마 공원'을 조성할 근거를 제시하기 위함이다. 실제로 『촉석루』 제89호(2020년 4월)에는 그 공원의 조감도가 제시되고 있다.

3

역사문화 콘텐츠로서의
의미와 가치

글이나 영상으로 된 이야기의 '서술'은 감상하는 이의 내면에 스토리를 형성한다. 그 스토리의 세계는 인물, 사건, 배경 등과 같은 구체적 모습(형상)의 (표층적) 차원과, 그를 통해 체험·전달되는 추상적 의미의 (심층적) 차원으로 이루어진다. 전자가 감상자의 마음의 모니터에 재현되는 것이라면, 후자는 그것에서 감상자가 알고 느끼며 상상하는 것이다.

비거 이야기처럼 짧고 단순한 이야기는 서술을 요약하고 말 것도 없는, 서술이 곧 스토리인 경우다. 그러므로 서술의 기법 따위는 제쳐놓고 스토리의 두 차원만 다루게 된다. 앞에서 설정한 것은 비거 이야기를 이루는 기본 스토리의 구체적 모습인데, 그러면 그에 내포되었거나 그것을 바탕으로 알고 상상할 수 있는 추상적 의미, 즉 주제, 메시지, 정보 등은 무엇인가? 나 나름으로,

논의를 위해 몇 가지로 나누어 제시해보면 다음과 같다. 이는 비거 이야기의 역사문화 콘텐츠로서의 의미와 가치를 좌우하는 것인 만큼, 조금이라도 문제점이 발견되면 신중하게 검토할 필요가 있다.

(ㄱ) 과거 한국에는 사람이 타는 비거라는 비행체가 있었다. 한국인은 (세계 최초로?) 사람이 타는 비행체를 발명하였다.

(ㄴ) 비거를 만든 사람/정평구는 전쟁/임진왜란 때 영남의 성/진주성에서 친구/성주를 탈출시켰다.
정평구라는 발명가가 비거라는 비행체를 만들어 그것으로 임진왜란 때 친구/성주를 구출하였다.

(ㄷ) 전쟁/임진왜란 때 어떤 사람/성주가 친구/정평구의 도움으로 비거를 타고 성/진주성을 탈출했다/벗어나 목숨을 건졌다.

(ㄱ)은 비거의 발명에 관한 앎에 의미의 초점을 둔 진술로서, 과학적 검증을 필요로 한다.

(ㄴ)은 그것을 만든 사람에게 초점을 둔 진술인데, 앞서 검토한 결과 정평구가 전승 과정에서 중간에 습합된 설화적 인물이지 역사적 인물이라고 보기 어려우므로 문제점을 안고 있다.

(ㄷ)은 벌어진 사건 중심의 진술로서, 이 글에서 가장 중요시하는 의미이다. '옛날 옛적 어느 곳'이 아니라 '진주성'에서의

'임진왜란' 싸움이라는 역사적 장소와 사건이 배경이기에, (ㄷ)은 왜적과의 전쟁 중에 부하, 동료를 버리고 성을 빠져나간 도망자 혹은 배반자에 관한 이야기가 된다. 비거 역시 비겁한 행동을 도운 물건이 된다. 임진년(1592)의 전투도 그렇지만, 6만여 군민이 몰살당한 계사년(1593)의 전투까지 고려한 역사적 맥락에 놓고 볼 때, 진주성 싸움에서 (ㄷ)과 같은 일이 일어났다면 그것은 결코 긍정적 의미를 지닐 수 없다.

게다가 진주성이 보이는 위치에 그 이야기를 '테마'로 공원을 짓는다면, 그 공간(이야기 외적 상황)의 문화적 의미 맥락 때문에, 누구나 그 이야기가 임진왜란 삼대첩 가운데 하나인 진주대첩의 공공적·문화적 가치를 훼손한다고 생각하기 쉽다. 그렇다면 (ㄱ)과 (ㄴ)이 만약 다소 타당하고 나름의 가치를 지니고 있다 하더라도, 비거 이야기는 관광자원화하기에 부적합한 콘텐츠이다. 나아가 그것이 청소년의 '과학적 자부심'이나 도시의 '항공산업도시 이미지' 등에 기여할 가능성 역시 희박하다.

4
맺음말

　'비거 이야기'는 테마 공원 같은 관광자원으로 활용하기에는 이야기 콘텐츠로서 많은 문제점을 안고 있다. 내용의 사실적(과학적·역사적) 측면과는 별도로, 이야기 자체가 빈약할 뿐 아니라 그 문화적 가치가 진주성 싸움의 의의와 진실을 왜곡하고 훼손할 가능성이 크기 때문이다.

　경기도 양주시에는 '임꺽정봉'이 있는 불곡산 기슭에 '임꺽정 생가 보존비'가 서 있다. 하지만 '임꺽정 테마 공원' 같은 것은 없다. 임꺽정이 소설, 드라마, 영화 등으로 스토리텔링되어온 유명한 인물이며 『실록』에까지 의적처럼 기록된 존재라고 해도, 관군에 의해 토벌된 도적이요 역적이기 때문으로 보인다.

　그 명칭이나 구실이 무엇이든, 역사문화 콘텐츠를 관광자원으로 만드는 것은 단순한 작업이 아니다. 기발한 아이디어나 단편적인 자료 가지고는 충분하지 않기에, 유원지나 생태 공원을 만드는 일과는 매우 다른 준비와 연구가 필요하다. 특히 콘텐츠 자체의 구조와 의미를 여러 맥락에서 검토하고 자료의 자의적 해석을 경계해야 한다. 역사적 이야기와 설화적 이야기를 구별하면서 갈래에 적합한 해석과 가치 평가를 하고, 체험 공간도 그에 어울리도록 설계함이 바람직하다.

발표한 곳 목록

대부분의 원고를 대폭 수정하고 조정했다. 발표할 때의 제목과 발표한 곳 목록을 참고로 적어둔다.

제1장 왜 스토리텔링 교육인가

「진지하지만 추상적인, 고상하나 너무 단조로운」, 『문학·판』 제20호 (2006년 여름), 열림원.

「이야기의 본질과 교육 — '생활 이야기글' 쓰기를 중심으로」, 『우리말 교육현장연구』 제10호, 우리말교육현장학회, 2012. 5.

제2장 스토리텔링 환경의 변화와 문학적 '쓰기'

「디지털 시대의 문학적 '쓰기'」, 『문학의 오늘』 제26호(2018년 봄), 솔 출판사.

「다중매체 시대의 수필 창작」, 『한국수필』 제305호, 한국수필가협회, 2020. 7.

제3장 스토리와 스토리텔링 교육

「스토리텔링 교육 방법의 모색 — 스토리와 그 '처음상황' 설정을 중심으로」, 『대중서사연구』 제24호, 대중서사학회, 2010. 12.

제4장 중심사건과 '처음상황'의 설정 교육

「스토리텔링 교육 방법의 모색 — 스토리와 그 '처음상황' 설정을 중심으로」, 『대중서사연구』 제24호, 대중서사학회, 2010. 12.

제5장 '역사문화 이야기' 창작 교육

제1차 발표:「이야기와 공감 — '지역문화 이야기' 창작을 예로」, 『제24회 학술발표회 자료집』, 우리말교육현장학회, 2018. 12. 1.

수정 발표:「다중매체 시대의 '이야기' 교육 — 지역 역사문화 이야기 창작을 예로」, 『제3회 국어교육학자대회 자료집』, 한국어교육학회, 2019. 9. 21.

제6장 '경험 이야기' 창작 교육

「이야기의 본질과 교육 — '생활 이야기글' 쓰기를 중심으로」, 『우리말교육현장연구』 제10호, 우리말교육현장학회, 2012. 5.

제7장 OSMU와 스토리텔링 교육

제1차 발표:「이야기 콘텐츠의 창작과 전용 — 원 소스 멀티유스OSMU를 중심으로」, 『한국어와 문화』 제22집, 숙명여대 한국어문화연구소, 2017. 8.

수정 게재: 최시한 외 6인 지음, 『문화산업 시대의 스토리텔링 — OSMU를 중심으로』, 태학사, 2018. 2.

제8장 창조적 콘텐츠를 위하여

「인문학 교육을 위한 준비」, 한국사고와표현학회, 제24차 학술발표대회 기조 발표. 『2016년도 한국사고와표현학회 제24차 정기학술대회 논문집』, 2016. 11.

용어 찾아보기

ㄱ

가상공간 48~51, 56, 69, 76, 80, 172, 220

가련한 여인(~이야기) 196~200

가치 의식 43, 51, 94~95, 126, 129, 137, 170, 199, 221

각색 58, 61, 190, 192

갈등 25, 93, 109~13, 115~17, 151, 168, 202

　갈등을 내포한 처음상황 110~13, 115~17, 151, 168, 202

갈래 13~15, 37, 39, 54, 58, 61~62, 64~66, 73~75, 82~84, 88, 106, 123~25, 133~34, 140, 159, 161~62, 165, 189~90, 195, 197~98, 200~201, 219

　역사적 갈래 13~14, 161

　이론적 갈래 13, 75

감성(~지능) 67, 90, 211, 218, 221, 224

격식적 수필(중수필)→수필

결정적 장면 150~52, 154, 171, 202

경수필→수필

경험 이야기 6, 159~60, 163~67, 170~72

경험적 이야기 163~64, 170

고소설 13, 197, 236

공간 78, 84, 89, 136, 150~52, 168, 171, 229, 232

공감 86, 91~95, 121, 132~33, 137, 169

공공성 43, 68, 122, 127, 140, 222

　공공 의식 6, 137, 222

　공공적 상상력 121, 126, 137

공동선 93~94

과학소설(SF) 114

교과 통합 수업 42, 99, 121, 126, 137~39, 141, 145

교술(문학, 양식) 15, 23, 28~29, 62, 64~65, 85, 165

교양 126, 207~208, 210~12, 221

교육과정 15, 22, 33~35, 37~39, 92, 98, 186, 203

　2015개정 교육과정 14, 203

구성 작가 202

국어(과)교육 15~16, 22, 35~37, 159, 163, 203

그럴듯함(사실성) 90, 94, 107, 171, 231

극→연극

극문학→희곡

글〔文〕21, 47

기능소 109

기록→다큐멘터리

기행문 27, 29, 163, 165

ㄴ

낯설게 하기 78~79, 191

내러티브narrative 15, 39~40, 75~76

내러티브 저널리즘 33

논픽션 67, 123

논증(논술) 31, 85, 166, 171, 219

놀람의 결말 171

뉴미디어(~시대) 16, 42, 51, 159

ㄷ

다중매체(멀티미디어) 15~16, 23,
　　33, 36, 39~40, 42, 50~51, 56,
　　58~59, 62~63, 66, 75~76,
　　137~38, 177~78, 191~92, 220

다큐멘터리(기록) 26, 58, 67, 75,
　　85, 123, 135, 141~42, 163, 172,
　　191, 202, 228

담화 14~17, 31~35, 37, 39,
　　41~42, 50~51, 62, 66, 74~77,
　　161, 201, 203, 219~20

대립소 111, 115~16

대본 19, 30, 55, 57~59, 105, 124,
　　137, 162, 190, 201~203

독서 19, 22, 32, 39, 208, 211

들려주기telling 61, 151

디지털 리터러시→문해력

ㄹ

르포 85, 135, 163, 165

리메이크 193

리터러시→문해력

ㅁ

매재 51~52

매체 32~33, 35~37, 47~54,
　　57~59, 65~66, 97~100,
　　134~35, 172, 177~79, 188~95,
　　197~99, 218~20

매체교육 138

매체 변이 192

매체 언어 36, 89

멀티미디어→다중매체

모티프 192~94

문의맹文意盲 214

문자맹文字盲 214

문학 7, 16~30, 33~37, 37~39,
　　47~68, 74, 84~85, 134, 165,

177~78, 191

문학교육 16, 19, 22, 24, 27, 38, 47,
　94, 97

문학 중심주의 5, 7, 15, 17~18,
　21~22, 29, 38, 42, 99, 126, 203

문해력(리터러시) 36, 61, 126, 215,
　224

　디지털 리터러시 121, 137

　비주얼 리터러시(영상 문해력)
　　61, 220

문화기술CT 228

문화산업 26, 29~30, 33, 51,
　55~56, 59~60, 76, 88, 124~26,
　133, 135, 177~84, 186, 198, 202,
　208, 228

문화 원형 199

문화콘텐츠 → 콘텐츠

민담 → 옛날이야기

ㅂ

발단(도입부) 111, 117

배경 104, 108, 110, 116, 148, 151,
　171, 201, 229, 232~33, 236, 244,
　246

번안 192~93

변용 89, 128, 151, 162, 178, 186,
　192, 217

변형 114, 199~200

보여주기showing 61, 171

부수 사건 → 사건

부수제재 → 제재

블록버스터 57

비격식적 수필(경수필) → 수필

비주얼 리터러시 → 문해력

비문학 15~16, 20, 22, 28, 32,
　37~39, 55, 62, 65, 84, 165

비언어적 표현 104

빈틈 146

ㅅ

사건 14, 76~80, 84, 90~91, 94,
　107, 110, 127~28, 130~32, 146,
　150~52, 160~61, 167~72, 188,
　229, 231~32, 240

　중심사건 107~109, 111~13,
　　116~17, 168, 241

　부수 사건 108, 138

사고력 33, 90, 99, 125, 146,
　162~63, 165, 169~70, 218, 223

사실성 → 그럴듯함

사이버공간 → 가상공간

상상 48, 93~94, 112, 128, 130~32,
　134, 146~47, 219, 240

상상력 51, 67, 89~91, 94~95, 99,

112, 121~22, 125~26, 131~32,
137~38, 140, 163, 202, 215, 218,
223, 232

미적(예술적) 상상력 131

역사적 상상력 131~32

상황 6, 13~14, 76~79, 94,
108~17, 128, 130~32, 140,
150~51, 160~61, 167~69, 188,
200~202

상황 분석 129, 139, 200~201

상호 텍스트성 195~96

서사→이야기

서사 구조→이야기 구조

서사문학→이야기문학

서사시 85, 178, 191, 200

서사적 수필→이야기 수필

서술(~층위) 14, 39, 61, 73, 75~80,
87, 94, 99~100, 103~105, 109,
111, 113, 125, 130~32, 150~51,
164~65, 168~69, 171~72,
188~90, 200~202, 244

서술의 상황 78~79, 201

서술된 시간 78, 151

설명 31~33, 35, 85, 93, 156, 172,
219

설화 38, 74~75, 123, 127, 133,
143, 145~48, 152, 171, 184, 186,

192, 196~97, 230~36, 239~40,
245, 248

설화적 이야기 133, 143, 231~34,
236, 239~40, 248

소설 19, 27, 38, 53~55, 61~62,
84~85, 103, 150, 177~78, 186,
190, 194, 199, 247

수필 29, 62~69, 82, 123, 161,
165~66, 172

경수필(비격식적 수필) 64, 219

서사적 수필→이야기 수필

영상 수필 66, 68

중수필(격식적 수필) 64~65,
67, 219

수행 평가 40

스토리(줄거리) 14~15, 33, 55,
59, 73~80, 89~91, 98, 105,
108~17, 150~51, 160~61, 163,
167~68, 188~90, 192~93, 231,
236~37, 240~42, 244

스토리라인 106, 108

스토리보드 30, 58, 202

스토리 유형 80, 196~200

스토리 층위 77~78, 80, 99~100,
103, 105, 108~109, 113

스토리텔링(~교육) 6, 14~17, 62,
67, 76, 94, 97~99, 108, 196, 224

스토리텔링 수학 32
습합(절충) 231, 240, 245
시나리오 27, 30, 51, 57~59, 81,
   104, 162, 202
시놉시스 124
쓰기 15~16, 19, 28, 37~39, 43,
   47~69 98, 104, 137, 159, 178,
   203, 211, 214~15, 218
쓰기 교육 159, 161, 165

ㅇ

애니메이션 55, 58~59, 113, 162,
   178~79, 190~91
엔터테인먼트 30, 33, 62, 178
역사 24~25, 32, 79, 82, 84~85,
   90, 123~34, 143, 153, 161,
   230~34, 238~41, 247~48
   역사 드라마 123, 130, 133,
      135, 184
   역사문화 이야기 6, 23, 67, 85,
      121~22, 125~38, 141, 146,
      159, 164, 172, 184
   역사문화 콘텐츠 122, 124~25,
      133, 140, 143, 150, 228,
      244~45, 247
   역사문화적 맥락 130, 132, 246
   역사소설 123, 130

역사적 상상력→상상력
역사적 이야기 133, 143, 230~34,
   248
연극 16, 19, 30, 33, 58, 73, 75, 85,
   99, 104, 141, 178, 191, 203
연달아 찾기 143
영상매체 54, 93, 191
영상문학 19
영상 문해력visual literacy→문해력
영상 수필→수필
영상 언어 36, 58, 220
영웅의 일생 80, 197
영화 33, 54~55, 61, 85, 93, 99,
   104, 123, 162, 178~79, 184, 186,
   190~91, 196~97, 200, 220
옛날이야기(민담) 32, 75, 129, 133,
   193, 230
원 소스 멀티유스OSMU 55, 133,
   178~80, 182, 184~90
원형 80, 184, 193, 196, 198~99,
   236, 240
웹툰 26, 54, 156, 162, 191, 202, 228
이념(이데올로기) 23~26, 100, 170,
   209, 221
이야기(서사)(~양식) 13~14, 16,
   26, 28, 31~35, 37~38, 40, 53,
   55, 61, 63, 65, 67, 73~76, 93,

98, 112, 123, 161, 164, 181, 203, 218, 220, 224

이야기 갈래 좌표 83, 125, 130

이야기 게임 58, 75, 191, 202

이야기 구조 77~78, 110

이야기 논리 36, 90, 107, 232

이야기 능력 6, 41, 79, 88, 95, 103, 114, 122

이야기 모형 197

이야기문학(서사문학) 15~16, 32, 34, 74, 76, 85, 95, 181, 196, 203

이야기 산업 188

이야기 (외적/내적) 상황 79, 128~29, 140, 200, 246

이야기(서사적) 수필 23, 85, 164~65

이야기 예술 16, 33, 61~62, 73, 75, 85, 99, 135, 178, 190, 196, 201

이야기 창작→스토리텔링

이야기 치료 95

이야기 콘텐츠 30, 33, 36, 177, 181, 195~96, 198~202, 228, 247

인과성 89~90, 108, 122, 146, 160~61, 168, 172, 189, 219

인문학 180, 200, 207~16, 220~21

인물 그려내기characterization 104

ㅈ

장르→갈래

장르 전환 192

전기 23, 64, 82, 123, 135

전기적 유형 197

전용轉用 25, 55, 75~76, 80, 124, 128, 133, 135, 192~203, 231

전형적 상황 114, 116

전형(적 인물) 115, 153

정보적(실용적) 이야기 38, 67, 73, 78, 83, 85, 99, 125~27, 129~31, 134~35, 164, 173, 184, 196

정서 15, 84, 86, 89, 91, 94~95, 129, 132, 186, 218~19

정서적 지능 92

제2 가상공간 49~50, 76

제2 구술 시대 200

제재 25, 67, 84, 106, 115~17, 129, 136, 141, 144~46, 150~51, 161~64, 185, 211, 217, 224, 231

부수제재 25, 144~47

중심제재 25, 144~46, 218

제재 분석 200~201

줄거리→스토리

중수필→수필

중심사건→사건

중심제재→제재

지역 역사문화 이야기 126~27, 184

ㅊ

처음상황→갈등을 내포한 처음상황

창의노동 6, 59, 203

창의력 59, 121, 128, 138, 154, 156,
    159, 204

창의성 57, 142, 172, 203, 217

창조산업 59, 203

초점 103, 106, 108, 110, 144, 146,
    168, 171, 217, 242, 245

측은지심 91~92

ㅋ

콘텐츠 15~16, 33, 51, 54, 58~59,
    124~25, 177~85, 192, 198~204,
    223~24, 228~29, 246~48

콘텐츠 창작자 6, 17, 59, 121, 202,
    224

콘티 30, 58, 202

ㅌ

테마 공원 58, 135, 190, 228~29,
    231, 233~35, 241~42, 246~47

텔레비전 드라마 19, 25~26, 30, 57,
    59, 191, 197, 199, 228

통섭 57, 67, 204, 207, 210

트리트먼트 30, 58, 124

ㅍ

패러디 193

표현적(예술적) 이야기 38, 55, 73,
    78, 83~85, 99, 125, 129~31,
    133~35, 164, 201

플롯 30, 73, 88, 103~104, 107,
    151, 171

ㅎ

혼종성 55

화소 110~11, 193

환치 193

허구성 28, 42, 75, 97, 130, 133,
    164, 232

허구적 이야기 74, 77, 134, 163~64,
    184, 232

희곡 27~30, 58, 62, 85, 162, 196,
    202, 232